E SE POI NON MUOIO?

Parte I

Il Segreto di un Padre, una Luce nel Buio ed una Morte Misteriosa, Raccontano un' Oscura Bugia Avvolta nel Silenzio

By

Liliana Bissante

Dedico questa opera a mio marito,
che crede costantemente in me
ed ai miei figli,
che sono i pilastri della mia vita.

CAPITOLO 1

LIBROAMICO

Erano giunte le 20:30 e Laura si accingeva a chiudere la cassa mentre le due ragazze Milena e Martina si occupavano di chiudere le vetrine e mettere in ordine il locale.

Laura, una donna di 35 anni, dai capelli castani mossi che le cadevano un po' sulla spalla, aveva uno sguardo dolce e un sorriso accattivante che trasmetteva simpatia ai clienti; era molto romantica e legata ai ricordi, per lei i sentimenti restavano scolpiti nel cuore e nessuno poteva cancellarli. Proprio per questo suo modo di essere, a fine giornata ringraziava sempre, in cuor suo, suo padre che le aveva lasciato quel patrimonio e che lei, con tanto amore, lo aveva trasformato in un luogo di pubblico interesse. Si trattava della villa in cui era nata ed era vissuta per 25 anni, cioè sino all'età in cui si era sposata con Paolo Carpelli, un avvocato molto stimato sia professionalmente che moralmente.

Il padre di Laura, il Dott. Carmine Scuderi, era medico chirurgo, primario dell'ospedale di Cremona, amava molto la lettura e questa passione l'aveva trasmessa anche a sua figlia. Erano passati due anni ormai dalla sua morte e Laura, essendo unica figlia, aveva ereditato la villa con un patrimonio di libri di cui lei ne aveva fatto tesoro, trasformando la villa in un locale Biblioteca-Bar e lo aveva chiamato "LIBRO AMICO".   Ogni volta che, nei momenti di tranquillità, le capitava di osservare il suo locale, si sentiva fiera di quella realizzazione, perché tutto le ricordava il padre ed in un certo qual modo si sentiva di averlo reso immortale.

Quella sera, in uno di quei momenti di riflessione, nostalgia e gratitudine, fu interrotta dalla presenza di un uomo ben distinto che furtivamente era riuscito ad entrare nel suo locale. Quasi spaventata, per questo incontro inaspettato, prontamente gli disse:

<<Buonasera, signore, posso esserle utile?>>

<<Mi scusi se sono entrato in un orario di chiusura, vorrei solo chiedervi una informazione>>

<< Prego>>

<<Vorrei sapere se, questa sera, è venuta qui una ragazza alta magra, dai capelli biondi lunghi e lisci>>

<<Di questa tipologia, a dire la verità, ne sono venute diverse>>

L'uomo la guardò con uno sguardo profondo, accentuato dalle folte sopracciglia; aveva una capigliatura folta brizzolata che portava tutta rivolta all'indietro.

Laura rimase colpita da quello sguardo che sembrava nascondesse qualcosa, ricordava di aver visto una ragazza corrispondente alla descrizione, le rimase impressa perché era stata per due ore nel locale, appartata, immersa nella lettura con un'aria molto triste, ma preferì non dire nulla in quanto quell'uomo le trasmetteva un'aria sospetta. Si limitò solo nel dire:

<< Ma come mai mi sta chiedendo questa informazione?>>

L'uomo rimase per un attimo in silenzio, pensando cosa rispondere, come se fosse stato infastidito da quella domanda e, cercando di spezzare l'imbarazzo, le disse:

<< E' una storia molto lunga, forse un giorno gliela racconterò, comunque non importa, la ringrazio, arrivederla! >>

<< Mi dispiace non esserle stata di aiuto, comunque le chiedo scusa, non volevo intromettermi in questa faccenda sua personale, arrivederla!! >>

Non appena andò via, Laura si sentì sollevata da un'inquietudine inflitta da quell'uomo, poco loquace e con quello sguardo misterioso.

Nel frattempo le ragazze avevano terminato il loro lavoro ed uscirono tutti insieme salutandosi.

Era una sera di fine Ottobre, Laura fu sorpresa da una pioggia improvvisa, affrettando il passo, quasi correndo, raggiunse la sua macchina; per fortuna giunse in tempo per evitare un forte acquazzone che in quel momento si era scatenato a cielo aperto, tanto che i tergicristallo non riuscivano a mantenere il parabrezza libero dall'acqua. Sentiva brividi di freddo, ma dopo un po', con il riscaldamento della macchina, riuscì a rendere l'abitacolo più confortevole.

Mentre guidava, tornando a casa, la sua mente era sempre affollata di pensieri che si accavallavano. Doveva percorrere circa venti minuti di strada, perché la sua abitazione si trovava un po' fuori città e precisamente in Via Bosco. Era piacevole quel momento, per lei, in quanto con la mente poteva spaziare dove voleva, quasi da sentirsi libera da vincoli che la vita, in un certo qual modo, ci impone.

Mancavano ancora dieci minuti; si era appena allontanata dal centro abitato, e volgendo lo sguardo verso destra fu colpita da una luce che proveniva da una casa di campagna, si trattava di una luce intermittente; rallentò, quasi a volersi fermare, ma fu presa dall'istinto di dover proseguire lasciandosi dietro quella luce che persistentemente appariva e scompariva. Nell'ultimo tratto di strada era diventato un pensiero fisso: non riusciva a spiegarsi cosa volesse significare quella luce.

Presto arrivò a casa dove c'era sua figlia Giulia di sette anni che l'aspettava giocando. Appena aprì la porta le venne incontro.

<< Ciao mamma, non vedevo l'ora di vederti >> e

l'abbracciò con tanta forza.

<< Ciao, piccolina, ti voglio tanto bene >>

Il rientro a casa, per Laura, era un momento di ripresa, essendo un ambiente molto sereno, riusciva a scrollarsi di dosso tutte le tensioni che fuori accumulava.

L'entrata era ampia, sulla destra era posto a parete un appendiabiti d'antiquariato in stile '800 tutto in legno scuro lavorato; di fronte rendeva l'ambiente più maestoso una scalinata in legno che portava alla zona notte. Il pavimento era tutto in parquet di un colore leggermente più chiaro rispetto ai mobili e tutto era ravvivato da un grande tappeto persiano rosso posto al centro; sulla sinistra una grande porta con due ante lasciate   sempre aperte, lasciava intravedere l'ambiente del salotto.

Laura affacciandosi, vide mamma Adele, la suocera, seduta sul divano bianco, in pelle, con le gambe poggiate comodamente su di un pouf, che leggeva un libro.

La sala era molto spaziosa con le pareti in color glicine; appena si entrava spiccava la maestosità del camino in marmo bianco intarsiato che sporgeva rispetto alle librerie a muro che lo fiancheggiavano.

Racchiudevano l'angolo camino   tre divani con due pouf   lavorati in capitonnè ed un grande tavolino in mogano con piano in cristallo posto al centro dei divani. Il tutto era disposto su un tappeto chiaro con dei disegni floreali in glicine. A sinistra, c'erano due grandi finestre in rientranza, con vetri   in stile inglese; erano abbellite da tende in seta bianca con disegni floreali in glicine le quali, essendo legate lateralmente, lasciavano intravedere il giardino. Sotto ad ogni finestra, nella rientranza, c'era una panca divanetto bianca con cuscini fantasia. Davanti a questo bellissimo scenario, dominava al centro, un pianoforte a mezza coda Steinway, in palissandro delle indie orientali.

<< Buonasera, mamma Adele!! >> disse Laura mentre si avvicinava al camino acceso.

<< Buonasera, cara! Tutto bene? >>

<<Sì, sì, finalmente a casa! >>

<< Devo dire che stasera, Paolo mi ha preoccupata, perché non era del solito umore; a mala pena mi ha salutato >>

<<Ah! E non ti ha detto nulla? >> disse Laura mentre aggiungeva qualche pezzo di legna sul fuoco.

<< No, si è subito ritirato nel suo studio >>.

In quel momento si presentò Veronica annunciando che la cena era pronta.

<< Grazie, Veronica, arriviamo subito >>.

Mentre si accingeva ad incontrare Paolo, la porta dello studio si aprì ed effettivamente, dal volto del marito, riscontrò che mamma Adele non sbagliava.

<< Ciao, tutto bene? >> disse Laura, dandogli un bacio a stampo.

<< Sì, e tu cosa mi racconti? >> Rispose con un sorriso apparente che non lasciava trasparire gioia.

Laura preferì non raccontargli nulla, perché si accorse, dalla sua espressione, dell'esistenza di una preoccupazione che tentava di mascherare.

L'indomani, Laura, mentre percorreva la strada principale, ebbe un attimo di esitazione, ma poi decise di deviare per quella strada di campagna che portava a quel casolare misterioso. La voglia di scoprire cosa si nascondesse in quella casa, le dava il coraggio di andare avanti e di pensare come giustificare la sua presenza nel caso in cui avesse incontrato qualcuno.

Appena arrivata, scese subito dalla macchina e si avvicinò al cancello. Rimase sorpresa, perché era una bella villetta ben curata, circondata da piante ornamentali: tutto sembrava tranquillo.

In quel momento le squillò il cellulare: la chiamavano dal locale.

<< Signora, potete arrivare presto? Perché abbiamo un problema per dei pacchi in consegna. >>

<< Certo! Arrivo subito, mi trovo già sulla strada. >> Rispose Laura chiudendo la comunicazione.

Mentre tornava alla macchina, vide, dietro i vetri di una finestra, il volto di una ragazza che, accorgendosi di essere stata notata, si nascose dietro le tende con uno scatto fulmineo.

Quella scena la colpì e si propose di ritornare in quel luogo, magari in un orario diverso, per poter scoprire qualcosa in più; in quel momento, aveva fretta, non poteva rimanere ancora lì, ad osservare, quindi andò subito via.

<<Buongiorno, ragazze! >> disse Laura entrando nel suo locale.

<< Buongiorno, Signora! >>

<< Scusate se vi ho chiamata, ma in quel momento non sapevo come fare. >>, disse Milena avvicinandosi.

<< Cosa è successo? >> chiese Laura.

<< Mentre ci stavano lasciando i pacchi, mi sono accorta che ne mancava uno e quindi non sapevo se accettare la consegna. Comunque, siccome il corriere non poteva aspettare, ho pensato di telefonare in ditta, e quindi ho risolto tutto: la prossima settimana ci invieranno il pacco mancante. >> rispose Milena mentre sistemava la merce arrivata.

Il locale era molto curato nei particolari: sulla destra c'era la zona Bar- Ristoro quindi era sempre frequentato, sia a colazione che a pranzo. L'angolo dei tavolini, adibiti al Ristoro, erano racchiusi da piante ornamentali che creavano un ambiente riservato; il tutto era impreziosito da tendine in organza con disegni floreali che rivestivano una serie di finestre.

Al centro del locale c'erano dei divani del tipo Chesterfield Chester inglese color marrone, a due, a tre e a quattro posti, disposti in maniera tale da formare tanti angoli salotto, con dei tavolini bassi, in legno, che permettevano di trascorrere comodamente l'ora del te; il tutto era dominato da un gruppo di Tronchi della Felicità e da Ficus che raggiungevano i tre metri di altezza disposti in direzione di una vetrata a cupola che si trovava sotto la volta al centro del locale. Dietro questo bellissimo scenario di ritrovo, si apriva una grande biblioteca che rivestiva tutte le pareti, con delle scale laterali collegate da ballatoi, i quali, davano la possibilità di accedere anche ai libri che erano situati più in alto.

La sala che restava al centro, circondata dalla biblioteca, era arredata da diverse scrivanie in legno scuro con delle sedie e delle poltroncine ad un posto, ed era adibita a lavori di ricerca e dedizione alla lettura.

Quella mattina c'erano ancora dei pacchi, appena arrivati, da sistemare che servivano per il Bar, ma le ragazze erano abbastanza svelte a ripristinare il tutto e Laura rimase molto soddisfatta del loro lavoro. Era molto soddisfatta anche del lavoro che svolgevano Marco e Luisa addetti al banco Bar-Ristoro. Marco un ragazzo di 24 anni bruno dai capelli ricci, con la sua allegria rendeva l'ambiente armonioso; Luisa una ragazza di 22 anni biondina dai capelli lisci che portava sempre raccolti, era di statura bassa, ma tutto pepe e molto simpatica. I due ragazzi provenivano da Pavia, erano amici di scuola, avevano conseguito la maturità al liceo scientifico, poi, essendosi innamorati vollero subito iniziare a lavorare per poter andare a convivere.

Laura incontrò, per la prima volta, questi due ragazzi, in una maniera puramente casuale, quando una mattina si recò allo studio dell'architetto Covelli Giacomo che in quel periodo, incontrava spesso in quanto curava i lavori presso il suo locale, si trovarono nella sala di attesa e Laura non poté fare a meno di notare la loro spontaneità mentre scherzavano tra di loro e l'entusiasmo che sprigionavano riguardo a progetti futuri.

Dopo un'attesa di circa un quarto d'ora, la porta dell'ufficio si aprì ed una ragazza, forse sui trent'anni dai lineamenti un po' marcati e con un aspetto autoritario, rivolgendosi ai ragazzi, disse:

<<Buongiorno, avete un appuntamento? >>

<< No, non abbiamo fissato un incontro, siamo

qui in cerca di lavoro. Possiamo lasciarvi le nostre referenze? >> risposero educatamente, in maniera molto composta.

<< Sono spiacente, al momento non abbiamo bisogno di altri collaboratori. Arrivederci. >>

Con un sorriso stampato sul volto e con un atteggiamento da superiore volse loro le spalle anche perché, in quel momento, squillò il telefono nel suo ufficio.

Laura vedendo quei due ragazzi andar via delusi per la risposta, istintivamente si alzò chiamandoli.

<< Ragazzi!... >>

Nel sentire quella voce si voltarono stupiti e tornando indietro, posero attenzione alle parole di Laura.

<<E' stato inevitabile ascoltare e ho capito che cercate lavoro >>.

<< Sì. Signora, per noi è importante. >>

<< Sto allestendo un nuovo locale a Cremona, e sto cercando qualcuno che si occupi della gestione del reparto Bar- Ristoro >>.

I due ragazzi si guardarono e scoppiarono a ridere.

<< Scusi signora, se stiamo ridendo, è che non abbiamo mai gestito un bar e tanto meno ci siamo occupati di preparazioni per ristoro >>

<< Non volete nemmeno provarci? >>

Questa volta i ragazzi si guardarono seriamente

e di fronte ad una proposta di lavoro non si sentirono di rifiutare; quindi i loro sguardi furono subito affermativi non nascondendo la preoccupazione della loro capacità a svolgere un lavoro che non conoscevano.

<< Va bene, proviamoci! Abbiamo tanta volontà e inoltre lei ci ispira fiducia. >> risposero sorridendo.

<< Sono stata attratta proprio dalla grande volontà che avete di lavorare e questo lo ritengo un fattore importante; dunque, possiamo incontrarci domani? >>

<< Ok! dove ci incontriamo? >> risposero allegramente i due ragazzi, felici di aver trovato un lavoro così casualmente.

<< Il locale si trova a Cremona in Via Dei Mille angolo Via Magenta. Incontriamoci domani mattina alle 10:00, per mostrarvi il posto di lavoro e per stabilire i vari punti di accordo, anche se l'apertura è prevista fra 15 giorni >>

<< Grazie, signora, per questa opportunità che ci sta offrendo. Ci vediamo domani. >>

Così Marco e Luisa già da un anno lavoravano nel locale "LIBROAMICO"; avevano tanto rispetto e riconoscenza verso la signora che aveva creduto in loro e si comportavano con tanta diligenza e responsabilità.

Come tutte le mattine, il locale Bar-Ristoro era pieno di gente e Laura, impegnata alla cassa, controllava che tutto procedesse per il meglio.

Non le passò inosservato l'arrivo di una ragazza magra alta dai capelli biondi e lisci che si stava avvicinando a lei. Si girò verso Milena che si trovava accanto, dicendole sottovoce:

<< Milena, guarda! penso che quella, sia la ragazza di cui ci ha chiesto informazioni quel signore ieri sera all'orario di chiusura. >>

Milena la guardò per un attimo, poi girò subito lo sguardo per non attirare l'attenzione e con un cenno affermativo del capo, rivolto a Laura, le fece capire che percepiva la stessa impressione.

Laura trattava sia Milena che Martina con molta complicità: si fidava di loro. Le due ragazze erano sorelle che Laura conosceva da vecchia data perché erano figlie della signora Claudia Rampelli che abitava vicino alla sua villa ed era stata una grande amica dei suoi genitori.

Milena era una bella brunetta di 28 anni, dall'aspetto sveglio con un bel taglio di capelli corti, perfetto per il suo viso; era sposata con Giorgio, un ragioniere impiegato di banca ed erano felici anche perché avevano una meravigliosa bambina di 5 anni che si chiamava Susanna.

Martina, invece, aveva 23 anni era fidanzata con un ragazzo che studiava medicina; era bruna come la sorella, ma aveva un temperamento più tranquillo e portava i capelli lunghi e lisci.

<< Buongiorno, signorina! >> disse Laura, vedendo la ragazza vicina alla cassa.

Ora la guardava con più attenzione e curiosità perché voleva scoprire che storia potesse mai esserci dietro quel bel viso giovane, ma triste.

<< Buongiorno Signora! >>

<< Cosa desidera? >> rispose Laura continuando a scrutare quel viso.

<< Un cornetto ed un cappuccino, grazie! >>

<< Subito! >> disse dandole lo scontrino.

Mentre la ragazza cercava le monete nel borsello, Laura le chiese:

<< Lei è una studentessa? >>

<< Sì ...>> rispose con freddezza e poi si allontanò verso il banco Bar.

Laura capì che cercava di evitarla, e si rese conto della difficoltà ad instaurare un piccolo colloquio amichevole con lei: era poco loquace, e soprattutto non era sorridente.

<< Ciao Laura! >> dissero due donne appena entrarono nel locale, avvicinandosi verso la cassa.

Si trattava di Ida e Clara, due amiche inseparabili; Ida Ranieri, una donna di 53 anni aveva i capelli color biondo cenere, mossi, non molto corti; Clara Vezzi, una donna di 51 anni, invece, aveva i capelli a caschetto di un colore castano scuro. Amavano indossare dei cappelli cloche in lana con i quali assumevano un aspetto distinto; la caratteristica che le accomunava era la curiosità, e quindi erano grandi osservatrici e per questa loro tendenza, alcune volte si avventuravano per scoprire delle verità. Conobbero Laura il giorno della inaugurazione del locale e questa conoscenza si è subito trasformata in una bella amicizia, perché Laura era affascinata dalla loro allegria e spontaneità e quindi ogni volta che le vedeva, cercava di passare un po' di tempo con loro, scambiandosi delle confidenze.

<< Ciao, che piacere vedervi! >> rispose Laura con gioia.

<< Il piacere è anche nostro, cara Laura; qui ci sentiamo a nostro agio anche perché i tuoi ragazzi sono molto bravi. >> Rispose Clara.

<< E poi, tu Laura, crei un ambiente amichevole e per noi, in particolare, sei un'amica speciale, >> disse Ida sorridendo.

<< Vi ringrazio, siete molto generose! sì, è vero, la mia gioia è quella di offrire ai clienti un'amicizia pura, che tante volte può essere anche un aiuto morale, ma purtroppo c'è sempre qualcuno che ama la solitudine, racchiudendosi nelle proprie sofferenze.>>

<< Certo, ma non è colpa tua! >> disse Clara.

Le due donne, dopo aver pagato alla cassa, si spostarono nella zona Bar-Ristoro per occupare un tavolino. La loro era un'amicizia decennale; si conobbero in ospedale, quando si ricoverarono per un intervento alle gambe; trascorrendo quindici giorni insieme, nella stessa camera, ebbero modo di scoprire di avere delle affinità e da allora nacque una profonda amicizia.

<< Milena! >> disse Laura, sottovoce.

<< Dite, signora. >>

<< Approfitto di questo momento tranquillo per riposarmi un po', sostituiscimi alla cassa. >>

<< Ok, signora, state tranquilla! >>

Laura vedendo le sue amiche che ridevano e chiacchieravano allegramente, si avvicinò a loro.

<< Ho proprio bisogno di riposarmi e gustarmi un caffè in buona compagnia >>

<< Certo, stai pure con noi! >> disse Ida

<< Allora, cosa mi raccontate? Ho visto che, prima, ridevate. >>

<< Si tratta di situazioni imbarazzanti, che abbiamo vissuto nel passato, nel momento in cui le ricordiamo, è inevitabile ridere>>

<< Conoscendovi, immagino! >> disse Laura in tono scherzoso, sorseggiando il caffè.

<< Beh! A noi piace molto l'avventura, osservare tutto ciò che ci circonda, per cui i racconti sono tanti >> Disse Clara; poi rivolgendosi a Laura continuò:

<< E tu, Laura, cosa ci racconti? >>

<< Mah! Ho sempre la solita routine, lavoro-casa, casa-lavoro, ho poco spazio per frequentare amici, però mi piacerebbe tanto, per questo sono

felice quando sto con voi. >>

<< A te non piace l'avventura? >> chiese Ida.

<< Mah! In una vita così piatta è difficile pensare a qualcosa di avventuroso. >> rispose ridendo, coinvolgendo, in quella risata, anche le sue amiche.

Ma subito dopo, Laura ebbe un sussulto e disse:<< Ah, ragazze! mi sta venendo in mente qualcosa! >>

<< Raccontaci pure, siamo tutte orecchie. >> rispose Ida in tono ironico.

<< Ieri sera, mentre tornavo a casa, sulla strada provinciale, girando lo sguardo verso la campagna, mi ha colpito una luce intermittente che proveniva da un casolare. Non riesco a capire cosa potesse significare. >>

<< Non sai dirci la sequenza dell'intermittenza? >> disse Ida

<< No, a dire il vero non ho fatto caso; però se questo può essere un fattore importante, vuol dire che la prossima volta guarderò meglio. >>

<< Sì, Laura, devi sapere che, se le intermittenze sono fatte in una maniera particolare, possono segnalare un messaggio di aiuto. >> disse Clara.

<< E come devono essere, per avere questo significato? >>

<< Ci devono essere tre intermittenze a distanza breve, tre a distanza più prolungata e tre a distanza breve>> disse Ida.

<< Ah! stasera se dovessi notare daccapo quella luce, mi fermerò per guardare con attenzione. Adesso devo lasciarvi. Grazie amiche ci terremo aggiornate! >> disse Laura mentre tornava alla cassa dove c'era una lunga fila.

Dopo aver smaltito quella folla, vide entrare l'uomo distinto che l'aveva lasciata perplessa la sera prima.

<<Buongiorno Signora >> le disse porgendole la mano in segno di presentazione.

Laura, sorpresa da quel gesto, non esitò a rispondere, in fondo, desiderava anche lei conoscere il nome di quell'uomo che continuava a comportarsi in un modo strano.

<< Piacere, Laura ... e lei? >>

<< Filippo Manzi, molto lieto! >>

<< Va sempre alla ricerca di quella ragazza bionda? >>

<< Purtroppo, sì. Per questo ho pensato di fermarmi un po' qui. >>

<< Dove vuol fermarsi: al Bar-Ristoro o in biblioteca? >>

<< Ho pensato di fermarmi per un pranzo veloce, e poi magari, di passare un po' di tempo in biblioteca >>

<< Cosa vuole ordinare? >> chiese Laura folgorata sempre, da quello sguardo profondo appesantito da quelle sopracciglia folte.

<< Una porzione di riso al curry; un'insalata di

pollo con radicchio; un tiramisù; ed un caffè. Grazie >>

<< Benissimo, si accomodi pure, grazie! >> disse mentre gli consegnava lo scontrino.

Da quel momento, Laura, di tanto in tanto, volgeva lo sguardo tra la ragazza bionda ed il Signor Manzi per scoprire se fosse proprio quella, la ragazza che quest'ultimo diceva di andare alla ricerca; ma non successe nulla, quindi dedusse che non esisteva nessuna correlazione e conoscenza tra di loro.

Il locale era pieno, ma la gente si spostava piacevolmente dal reparto Bar-Ristoro al reparto salotto, lasciando così il loro posto ad altri; infatti le due amiche Ida e Clara si trovavano già da un pezzo comodamente sedute sul divano a chiacchierare sorseggiando un digestivo.

Anche la signorina triste dai capelli biondi lasciò il tavolino al Bar e si spostò in biblioteca, dove si sedette ad una scrivania per studiare.

CAPITOLO 2

S.O.S.

La sera, come al solito, Laura salutò le ragazze e si avviò per far ritorno a casa. Era stata una giornata impegnativa, ed anche piena di novità; a lei piaceva stare a contatto con la gente perché aveva modo di capire i comportamenti umani ed arricchiva il suo bagaglio di conoscenze e di esperienze.

Le dispiaceva, invece, dover trascorrere tante ore della giornata, lontano dalla sua piccola Giulia; ma per fortuna poteva essere tranquilla perché viveva in una casa serena circondata da tanto amore.

Mentre era immersa, come al solito, nei suoi pensieri, la sua attenzione fu catturata da quella luce intermittente. Questa volta si accostò al ciglio della strada e rimase ad osservare la sequenza che trasmetteva. In effetti, aveva un ritmo ben preciso: tre intervalli brevi, tre lunghi, tre brevi.

Non poteva credere ai suoi occhi, ora aveva la certezza che di là c'era qualcuno che chiedeva aiuto.

Durante il percorso di ritorno a casa, di solito, mentre guidava, vagava con la mente; essendo da sola, si rifugiava piacevolmente nei pensieri, ricordando momenti belli del passato o qualcosa che teneva particolarmente a cuore; era un momento in cui nessuno poteva condizionarla e si sentiva libera anche di esprimersi.

Quella sera, però fu presa totalmente dal pensiero di quella persona che inviava messaggi di aiuto e si dedicò a supporre le varie ipotesi che la inducevano a farlo.

<< Il fatto che ogni sera invia segnali di aiuto mi fa credere che non sia in pericolo in questo momento, ma che molto probabilmente subisca dei maltrattamenti quotidiani. Comunque è una situazione preoccupante; devo assolutamente aiutarla! >> sussurrò tra se mentre guidava.

Era intenzionata a raccontare tutto a Paolo, ma arrivata a casa, vedendo il marito impegnato nel suo studio, e la bambina desiderosa di giocare con lei, ci ripensò: non aveva voglia di appesantire la serata con problemi da risolvere. Pensò alle due amiche Ida e Clara e decise di rimandare al giorno dopo chiedendo a loro una collaborazione. In quel momento aveva tanto bisogno di rilassarsi e non pensare a nulla.

Dopo cena, come al solito, si godeva la sua famiglia. Mamma Adele si ritirava nella sua camera dove si sdraiava comodamente sulla poltrona, dalla quale estraeva automaticamente il poggia gambe e qui rimaneva un paio di ore a seguire i programmi televisivi, sino a quando arrivava Veronica: la loro collaboratrice domestica.

Lavorava presso la famiglia Carpelli già da 5 anni, aveva 26 anni, di media statura, magra, capelli neri e con modi molto garbati. Non era sposata e la sua famiglia viveva in Croazia. Per crearsi una sua indipendenza economica aveva deciso di lasciare il suo paese per venire a lavorare in Italia. Indossava sempre un vestitino nero con colletto e polsi bianchi che si coordinavano al grembiulino e al frontino, tipo coroncina, il quale portava poggiato sui capelli raccolti.

<< Signora, le ho portato il suo bicchiere di latte caldo >> disse Veronica entrando dopo aver bussato alla porta.

<< Grazie, Veronica, puoi lasciare qui il vassoio >> disse la signora Adele indicando il tavolino che si trovava vicino alla poltroncina.

<< Desiderate qualcos'altro? >>

<< No, grazie, Puoi ritirarti, mi metterò da sola a letto, non preoccuparti. >>

<< Buonanotte, Signora.   >> le rispose sorridendo.

<< Buonanotte cara! >>

Laura, invece dedicava il dopocena, completamente alla figlia. Giulia si aggrappava al collo riempiendola di baci.

<< Basta, amore mio, mi fai perdere

l'equilibrio!>> disse Laura ridendo.

<< Mamma, sei così bella che quando sei qui, sono felice di abbracciarti >>

La forza di quegli abbracci e le parole dolci ed affettuose infondevano in Laura una grande felicità.

La bimba trascorreva tutto il giorno lontano dalla mamma e quindi quando era insieme, per lei era una grande festa tanto che non smetteva mai di parlare e di abbracciarla; infatti subito dopo continuò dicendo:<< Mamma, quando sarò grande mi prometti di poter lavorare con te? >>

<< Promesso... ne sarò felice! Adesso però devi andare a letto. >>

<< Mi racconti, però, una storia? >>

<< D'accordo! >> rispose Laura abbracciandola dandole dei baci per rassicurarla.

Così insieme si recarono nella incantevole cameretta.

C'era un letto, ad una piazza e mezza, a baldacchino in legno, con la testata avorio stile barocco. Era posto al centro della parete frontale alla porta ed era rivestito con una trapunta rosa e fucsia. In alto, spiccava una balza color fucsia attaccata alla volta e dalla quale partivano i teli color avorio raggruppati ai 4 angoli della struttura con dei fiocchi color fucsia.

Ai due lati del letto, c'erano due finestre abbellite da tendine in pizzo color avorio con dei passanastri fucsia. Un'altra finestra, con le stesse tendine, era posizionata sulla parete a sinistra, ma sotto era arredata con una panca che conteneva i giochi della piccola ed era abbellita da diversi cuscini rosa e fucsia, ben sistemati; il pavimento era in parquet, con un tappeto avorio in pelliccia sintetica, dove Giulia di solito giocava.

Passò solo mezz'ora e Giulia si addormentò serena.

L'indomani, Laura, mentre guidava per recarsi al lavoro, pensava a Ida e Clara. Era contenta di averle come amiche, sapeva che poteva contare su di loro; inoltre, con la loro allegria, infondevano buon umore.

Arrivata al locale trovò già un po' di gente seduta ai tavolini del bar per la colazione. Mentre poggiò la borsa sulla mensola che si trovava sotto la cassa, le caddero un gruppo di fatture ed altri documenti; c'erano anche i blocchetti delle ricevute che rilasciava ai clienti che portavano via i libri e poi li riportavano quando finivano di leggerli e quindi man mano, occupavano sempre più spazio.

<< Milena, questa situazione è diventata insostenibile. Non mi piace affatto, ogni giorno, dover combattere con questi fogli cadenti >> disse Laura scrollando le spalle.

<< Sì, è vero signora, effettivamente dobbiamo

trovare una soluzione. >>

Mentre Laura si accingeva a sistemare alla meglio quelle mensole sotto la cassa, sentì la voce delle due amiche.

<<Buongiorno Laura!>> dissero Ida e Clara

Laura riconobbe subito le loro voci, e balzò in piedi, in un attimo, felice di vederle, dimenticando quel momento di nervosismo che poco prima l'aveva pervasa.

<< Buongiorno care amiche! >> disse sistemandosi i capelli che si erano scompigliati quando si era chinata per sistemare le mensole. >>

<< Tutto bene? >> disse Ida

<< Sì sì grazie. Oggi ho da darvi delle notizie relative a quella faccenda. Vi ricordate? >>

<< Ah! sì, allora ci raggiungi al tavolo così ci racconti? >> disse Clara.

<< Sì, arrivo al più presto. Ordinate qualcosa nel frattempo? >>

<< Certo! >> Rispose Ida.

Così, dopo aver effettuato l'ordinazione, si allontanarono per prendere posto ad un tavolino. Mentre consumavano allegramente la colazione, Laura fu impegnata alla cassa per l'affluenza di gente che in quel momento le si avvicinava per ordinare e pagare. Non appena ebbe un momento di tranquillità si fece sostituire da Milena, come al solito, e raggiunse le sue amiche approfittando anche per una pausa caffè.

<< Bene, amiche, ho da dirvi che ieri ho appurato che quelle luci hanno una sequenza ben precisa ed esattamente come mi avete descritto voi. Adesso non abbiamo dubbi: c'è qualcuno che manda una richiesta di aiuto >>.

<< Ma è strano, mandarli ogni sera >> disse Clara.

<< Forse non si tratta di un pericolo di vita o di morte >> disse Ida.

<< Sì, in effetti è quello che ho pensato anch'io >> rispose Laura.

<< Penso, a questo punto, che debba trattarsi di una richiesta di aiuto dovuta ad una sofferenza quotidiana>>. Osservò Ida.

<< Cosa possiamo fare? >> disse Laura.

<< Bisogna fare un sopralluogo e cercare di scoprire qualcosa >> rispose Clara.

<< Sono d'accordo con voi però sono impossibilitata per il mio lavoro. Ieri mattina, prima di venire qui, mi sono fermata proprio davanti a quella casa, ma tutto sembrava tranquillo. >> disse Laura.

<< Non hai visto proprio nessuno? >> chiese Ida.

<< Ah! Ora ricordo; mentre andavo via, una ragazza sbirciava dietro le tendine di una finestra, ma non appena mi vide si nascose. >>

<< Laura, non preoccuparti, ci penseremo noi; questa è una storia che ci sta interessando. Lo sai che amiamo indagare e allo stesso tempo aiutare

chi ha bisogno. >> disse Clara.

<< Promettetemi, però, di non essere imprudenti, non dimenticate che lì c'è qualcosa che non va e che al momento ignoriamo il livello di gravità. >> disse Laura con preoccupazione.

<< Promesso. >> dissero stringendole la mano.

Si allontanò da loro e riprese il suo lavoro. Dopo circa un'ora, le due amiche si alzarono e avvicinandosi a Laura dissero in tono scherzoso:

<< La nostra missione incomincia adesso >> disse Ida salutandola con un occhiolino.

Laura, avendo intuito le loro intenzioni, rispose anche lei con lo stesso segno d'intesa, restando a guardarle mentre andavano via.

CAPITOLO 3

IDA E CLARA

Erano circa le 11:00 quando le due donne parcheggiarono la loro macchina un po' prima di arrivare davanti a quella villetta; poi scesero e proseguirono l'ultimo tratto a piedi. Il sole splendente di quella mattina fu d'aiuto per poter fingere una passeggiata spensierata, nascondendo, così, il vero motivo della loro presenza in quel luogo.

La casa si erigeva sul lato sinistro dell'entrata del giardino, ed era circondata da tutti i lati da vari tipi di piante ed alberi.

Sulla facciata frontale c'era una scaletta in legno, posta al centro, che portava su un ballatoio dove c'era una porta d'ingresso in direzione della scaletta, fiancheggiata da due finestre che completavano il piano rialzato. Al primo piano, sempre frontalmente, c'erano altre due finestre dominate ancora più su da un'altra finestra centrale che illuminava la mansarda. Sul lato sinistro della costruzione erano posizionate tre finestre al piano rialzato e due al primo piano; invece sul lato destro c'era una scala che poggiava sulla facciata e portava ad un ballatoio dove si trovavano una portafinestra con altre due finestre. Completavano quest'ultima facciata altre due finestre poste al primo piano.

Arrivate davanti al cancello di quella casa, Ida prese nota del nome scritto sulla cassetta della posta: Raffi Enrico. Non conoscevano nessuno con questo nome.

Il silenzio fu interrotto dalla voce di un uomo che diceva gridando:

<< Quante volte devo dirti, di non prendere le mie cose! >>

Dopo si sentì la voce di una ragazza che piangendo diceva:

<< Ma io l'ho presa solo per un momento, poi l'avrei rimessa subito a posto. Credimi! >>

<< Smettila! adesso sparisci! >> Le rispose bruscamente quell'uomo.

Dopo un attimo di silenzio, la porta si aprì ed uscì un ragazzo infuriato che la richiuse sbattendola; aveva una borsa nera, si recò in garage ed uscì subito con una Alfa Romeo grigia, dal cancello grande.

Le due donne, che nel frattempo erano rimaste nascoste dietro un cespuglio fuori dal cancello, intuirono che in quella casa non c'era tranquillità.

Vedendo quel ragazzo andare via, sperarono che quel momento fosse propizio per contattare la ragazza; così con coraggio e determinazione decisero di suonare il campanello, ma furono bloccate dall'arrivo di una macchina che si fermò proprio davanti al cancello grande di quella casa; uscì un signore di media statura, robusto un po' calvo che si avvicinò subito, alle due donne.

<< Cosa cercate? >> disse con tono serio che mancava di cordialità.>>

Le due amiche, prese in contropiede, rimasero per un attimo senza parole; dovevano subito pensare ad una risposta plausibile.

<< Scusi, lei abita qui? >> Chiese Clara prendendo prontamente l'iniziativa.

<< Sì, cosa desiderate? >>

<< Cerchiamo una fattoria che dovrebbe trovarsi nei paraggi. Ci hanno detto che si possono acquistare dei formaggi squisiti. Le risulta? >> continuò Clara con disinvoltura.

<< Sì, a un kilometro da qui, proseguendo sempre dritto, c'è una fattoria che si chiama "Fiordilatte" >>.

<<La ringrazio! >> disse Clara. << Mi scusi se l'ho disturbata. >>

<< Grazie, molto gentile! >> disse Ida.

L'uomo rimase in silenzio, a guardarle, non curante di esprimere forme di cordialità.

Le due donne, ritornarono subito al parcheggio e accorgendosi di essere guardate, ripassarono davanti alla villetta; quando furono davanti a quell'uomo, accennando un saluto con la mano dissero a voce alta:

<< Grazie, arrivederla! >>

Proseguirono a dritto facendo finta di seguire le indicazioni che avevano ricevuto.

<< Certo, sarà difficile contattare quella ragazza che abbiamo sentito piangere. >> disse Ida.

<< Che impressione ti ha fatto quel signore? E secondo te chi sarà? >> chiese Clara.

<< Sicuramente non è simpatico e poi penso che sia il padre di quella ragazza. >>

<< Sono d'accordo con te. Comunque non dobbiamo arrenderci >> disse Clara.

<< Che ne dici di ripassare adesso? >> .

Clara non si meravigliò della proposta di Ida, infatti la riteneva molto più audace di lei.

<<È impressionante la tua determinazione! >> disse Clara scoppiando in una risata. << Però sono convinta che sia un'ottima idea. Dai! Torniamo indietro! >> continuò con tono deciso.

Parcheggiarono sempre un po' prima della casa, e si avvicinarono percorrendo l'ultimo tratto a piedi. Questa volta con molta cautela; si nascosero dietro ad un cespuglio, che permetteva di intravedere la porta e la finestra situata a piano terra.

Subito dopo, il signore uscì dalla porta, scese le scale e mentre prendeva la legna situata nel sottoscala disse gridando:

<< Allora ti sbrighi a venire giù? >>

<< Si arrivo >> disse la ragazza.

<< Sei sempre la solita addormentata. Ti vuoi svegliare? >> le rispose con un tono di voce ancora più aspro.

<< Sto arrivando! >> rispose uscendo dalla porta con un'aria premurosa e spaventata.

La ragazza si avvicinò al padre, il quale le caricò i tronchetti di legna sulle braccia e lei subito dopo li portò in casa.

Non appena si ritirarono e chiusero la porta d'entrata, Ida disse sottovoce:

<< Clara, dobbiamo trovare un modo per spiare dalle finestre, che ne dici? >>

<< Sì, direi di osservare bene il giardino, qualche idea ci verrà >>.

<< Guarda, Clara!... in direzione di quella finestra che si trova al primo piano, c'è un albero con un tronco ben robusto, penso che non debba essere molto difficile salirci. >>

<< Ma dovremmo tornare al buio, magari, anche dopo la mezzanotte. >> le rispose Clara.

<< Si, certamente. Che ne diresti questa notte? >>

<< Sono d'accordo. Credo che non debbano esserci problemi ad entrare nel giardino, perché per fortuna non hanno il cane.>>

<< Allora... deciso. >>

Le due amiche si strinsero la mano e poi andarono subito via.

Tornarono al locale "LIBROAMICO" per un

pranzo veloce.

<< Ciao, Laura, la missione è andata male >> disse Ida con un'aria di sconforto.

<< Sicuramente c'è da scoprire. Questo è stato un primo approccio >> disse Clara.

<< Allora, avete parlato con la ragazza? >> chiese Laura incuriosita.

<< Purtroppo no. Siamo state ostacolate dall'arrivo di un signore che presumiamo sia il padre. >> rispose Clara.

<< Quindi adesso cosa pensate di fare? >>

<< Abbiamo deciso di tornarci stanotte: al buio possiamo spiare dalle finestre. >>

<< Ma voi siete matte? Potrebbe essere pericoloso!>>

<< Non preoccuparti, sappiamo affrontare le difficoltà >> rispose Ida, stringendo la mano di Laura per tranquillizzarla.

Si fermarono al locale sino all'ora del tè, poi andarono via.

Le due amiche abitavano separatamente in due appartamenti nello stesso palazzo e vivevano da sole non molto lontano dal locale di Laura.

Ida era vedova da otto anni ed aveva due figli sposati che vivevano in Svizzera. Spesso li sentiva per telefono; la sera, quando rientrava, adorava, in particolar modo, sentire la voce dei suoi nipotini. Non era felice di vivere da sola, per questo trascorreva volentieri gran parte della giornata fuori, con la sua simpatica amica; ormai era diventata la sua piacevole routine, anche perché quando rincasava era così stanca che si addormentava subito. La casa, dove viveva, era di sua proprietà e percepiva la pensione del marito che era stato colonnello dell'esercito.

Clara, invece, non si era mai sposata, avrebbe desiderato formarsi una famiglia ma, a seguito di una delusione amorosa, non ha voluto più credere in un uomo. Aveva solo una sorella sposata che viveva a Parigi, ma la sentiva raramente. Era una donna presa da tanti interessi: amava la musica, amava leggere, curare le piante e poi la profonda amicizia che aveva instaurato con Ida l'aiutava moltissimo a non sentire il peso della solitudine. L' abitazione era di sua proprietà e viveva di rendita da immobili che aveva ereditato dai suoi genitori.

Le due amiche indossando cappello di lana, jeans, pullover e giaccone tipo piumino, erano pronte per l'avventura che avevano deciso di affrontare. Era mezzanotte, quando si incontrarono; subito si diressero con la macchina verso quella villetta misteriosa. Poco prima di girare in quella strada di campagna, Ida guardando da lontano quella casa disse:

<< Guarda, Clara!... non ci sono quei segnali di luce, è tutto buio >>

<< Sì, infatti in questo punto avremmo dovuto vederli. >>

Poco dopo girarono per quella strada dove, dopo cento metri sulla destra, si trovava quella casa. Silenziosamente e con i fari spenti si avvicinarono e parcheggiarono in un punto un po' nascosto.

Era tutto buio. Ida alzando la testa notò che una finestra era ancora illuminata e precisamente quella situata sul lato sinistro al primo piano.

L'albero sul quale avevano deciso di salire si trovava proprio su quel lato, ma quella luce non le intimorì; le due donne erano più che mai decise a portare a termine la loro iniziativa.

Clara con un ferretto tentava di aprire il cancello.

<< Vuoi che ci provo io?>> disse Ida sottovoce.

Clara trovandosi in difficoltà, rispose:

<< Non riesco proprio. Provaci tu. >>

Ida, dopo aver manovrato il ferretto in una maniera particolare nella serratura, riuscì dopo poco ad aprire.

<< Ecco, ce l'abbiamo fatta >> sussurrò Ida

Lasciarono il cancello socchiuso, e si inoltrarono nel giardino con passo felino.

Si avvicinarono a quell'albero che fiancheggiava il lato sinistro di quella casa.

<< Che dici, salgo io >> disse Ida sottovoce con coraggio e determinazione.

<< D'accordo! Fai attenzione, perché il minimo

rumore può crearci problemi.>> rispose Clara.

Ida provò ad arrampicarsi, ma niente, non riusciva a salire, allora disse:

<< Clara mentre mi arrampico, reggimi da sotto così posso darmi lo slancio >>

Provarono, ma lo slancio non riuscì e si trovò ancora giù.

<< Accidenti! Pensavo fosse più facile. Dai riproviamoci! >> disse Ida con caparbietà.

L'impresa si dimostrava faticosa per le due donne cinquantenni, ma la perseveranza e la testardaggine era la loro caratteristica e quindi non si arresero.

<< Prova a prendermi in braccio mentre mi appoggio al tronco >> disse Ida.

Così mentre si teneva fortemente aggrappata all'albero, Clara cercava di sollevarla.

<< Dai!... forse ci siamo! ... non mollare!... sto salendo. >>

<< Non ce la faccio più, fai presto! >> rispose Clara, con una voce strozzata dalla fatica.

Infatti dopo poco, Clara, essendo arrivata al punto estremo delle sue forze allentò la presa. Questa volta però Ida non cadde, rimase con una gamba appoggiata sull'albero e l'altra penzolante.

<< Dai! ...aiutami a sollevare l'altra gamba, forse adesso ci siamo. >> disse Ida.

Clara, raccogliendo tutte le sue forze, le dette una spinta verso l'alto e finalmente Ida giunse sul tronco dove partivano le ramificazioni dell'albero. Si riposò un attimo e poi si sollevò appoggiandosi ai rami più robusti; qui incominciò a guardarsi intorno per rendersi conto della visibilità che aveva in quella posizione.

Da quel punto in cui si trovava, riusciva a vedere la camera corrispondente alla finestra con la luce spenta.

<< Allora cosa vedi? >> chiese Clara.

La camera era al buio, ma per fortuna la luna, con la sua luce, illuminava un po' l'ambiente.

<< Vedo una ragazza nel letto che ha una torcia in mano poggiata sulla coperta. >> subito dopo esclamò incredula << Ah!... forse ha sentito i passi di qualcuno, perché velocemente, adesso, l'ha nascosta sotto le coperte, e sta facendo finta di dormire. >>

<< Qualcuno sta entrando in camera? >> disse Clara sempre sottovoce.

<< Presumo di sì perché vedo la porta aprirsi. >>

In quel momento, cambiando posizione, per cercare di nascondersi meglio, mise un piede in fallo.

<< Accidenti! Clara sto scivolando. Ah!... finalmente sono riuscita ad aggrapparmi. >>

<< Resta ferma ed in silenzio. >> le disse Clara.

Spiando, vide un uomo entrare in quella camera, frugò in un cassetto, poi si avvicinò ai vetri della finestra per curiosare, come se avesse avvertito dei rumori. In quel momento Ida rimase impavida e completamente immobile. Riusciva, tra le foglie dell'albero, a vedere mezzo volto di quell'uomo, illuminato grazie a quella luce lunare.

Non appena andò via e richiuse la porta di quella camera, Ida fece un respiro profondo.

<< Clara, adesso scendo. >>

<< Sì dai…ti aiuto.>>

<< Fammi poggiare il piede sulla tua spalla, poi mi prendi per aiutarmi a scendere>>

Clara non riuscì a prenderla bene e Ida purtroppo finì per terra, con un tonfo.

L'amica l'aiutò ad alzarsi e subito uscirono dal giardino. Furono velocissime a mettersi in macchina, perché videro che si illuminò la finestra accanto alla porta d'ingresso mentre chiudevano il cancello; evidentemente qualcuno fu attratto dal rumore provocato dal tonfo.

Durante il percorso che fecero per tornare a casa, Ida raccontò a Clara tutto quello che aveva visto.

<< Secondo me, ora dobbiamo far di tutto di parlare con la ragazza, solo lei può dirci se ha bisogno di aiuto >> disse Ida.

<< Magari, dobbiamo fare in modo di diventare sue amiche. >>

Adesso, comunque, avevano la certezza che quella ragazza era l'artefice di quei segnali di

luce; quindi fecero ritorno a casa soddisfatte
della riuscita di quell'avventura.

Il giorno dopo, erano più che mai decise ad
andare avanti nella loro indagine. Dopo aver
fatto colazione e aver raccontato tutto a Laura, si
diressero alla villetta Raffi.

Questa volta trovarono la ragazza in giardino
mentre innaffiava le piante.

Rimasero nascoste perché volevano accertarsi
che stesse da sola, ed ebbero una buona
intuizione, perché subito sentirono provenire
dalla casa, la voce di un ragazzo che gridava in
una maniera esagerata dicendo:

<< BRUTTA STRONZA, DOVE SEI? >>

La ragazza che fino a quel momento sembrava
tranquilla, sentendo quel grido, sussultò per lo
spavento.

<< Sono qui in giardino >> rispose ad alta voce
impaurita.

<< Quante volte devo dirti di non stare in
giardino? >> gridò il ragazzo aprendo la porta.

<< Hai bisogno di qualcosa? >> rispose la ragazza
con una voce tremante, restando immobile con
l'innaffiatoio in mano.

<< DOVE HAI MESSO LA MIA CAMICIA
CELESTE? >> disse ancora gridando come un
forsennato.

<< Ah!......nel terzo cassetto in camera tua. >>
rispose la ragazza restando sempre immobile,

non sapendo cosa fare. Aveva paura di rientrare in casa ed aspettò in giardino seduta alla panchina.

<< Ti ho detto che devi stare in casa! >> disse con una voce autoritaria. <<Entra subito! Brutta smorfiosa! >> replicò ancora.

La ragazza ubbidì mentre lui usciva. Vedendo la sua macchina allontanarsi, le due amiche si guardarono con un respiro profondo di sollievo.

<< Finalmente è andato via! >> disse Ida.

<< Certo, che vivere insieme ad una persona così burbera, fa sembrare la vita una catastrofe >> disse Clara.

Rimasero davanti al cancello osservando il giardino; volevano citofonare, ma non erano sicure che la ragazza fosse da sola, per evitare un ulteriore incontro con il padre, preferirono andar via. Si proposero di ripassare più volte per riuscire a trovare il momento fortunato; il loro obiettivo era avvicinare la ragazza per poterla aiutare.

CAPITOLO 4

L'ULTIMO MESSAGGIO

Era il primo di Dicembre, quella mattina, Laura si svegliò molto presto, guardò l'orologio e vide che erano le 6,30. Aveva ancora vivo nella mente il ricordo del sogno di quella notte: le era apparso il padre che le sorrideva. Fu così piacevole vederlo come se fosse ancora vivo che rimase nel letto sveglia con gli occhi chiusi a pensare quel sorriso che le trasmetteva la sensazione di sentirlo accanto.

Dopo un po' si riaddormentò e successivamente, il suono della sveglia le dette l'impulso di alzarsi.

Quella mattina mentre guidava per andare a lavoro, si lasciava accompagnare dolcemente dall'immagine del padre che le sorrideva. Si sentiva orgogliosa e fortunata di aver avuto un padre pieno di risorse: oltre ad essere stato un bravo medico, era stato un buon maestro di vita per lei.

Presa da questi pensieri, si meravigliò di essere già arrivata al locale.

<< Buongiorno ragazze! >> Disse Laura appena entrata con un'aria allegra.

<< Buongiorno, signora! >> le risposero.

<< Oggi, signora, siete molto raggiante! >> disse Milena

<< Ah!!...forse l'avvicinarsi del Natale mi mette di buon umore; che ne dite ragazze, iniziamo a pensare come creare nel locale una bella atmosfera natalizia? >> disse Laura con gioia.

<< Con molto piacere! >> rispose Martina con altrettanto entusiasmo.

Era lei, infatti quella che si dedicava con più passione a quei lavori di addobbi, perché era molto calma e fantasiosa.

Questa euforia, però fu interrotta dall'arrivo di due persone.

<< Buongiorno signora Laura! >>

<< Buongiorno signor Manzi >>

Laura, in quel momento, rimase abbagliata dalla presenza della donna che gli era accanto. Aveva un vestito corto nero in lana, con una lunga collana dorata ed un girocollo in perle con orecchini a completo; indossava stivali neri al ginocchio con tacco, e portava con molta disinvoltura un cappello in visone come la giacca.

<< Vorremmo ordinare la colazione >> disse

<<Bene!   >> rispose Laura distogliendo lo sguardo dalla donna.

Si allontanarono verso il bar lasciando una scia di profumo. Laura notò che occuparono un tavolo un po' appartato; non si aspettava una donna così sofisticata insieme a quell'uomo, per questo non riusciva a rimanere indifferente; ogni tanto li osservava, cercando di capire che tipo di relazione ci fosse tra di loro;

Soltanto l'improvvisa presenza delle due amiche riuscì a distoglierla.

<< Ciao Laura! >>

<< Ciao, care amiche, sono contenta di vedervi >>

<< Ci fermiamo qui al bar per la colazione, ci fai compagnia? >> disse Clara.

<< In questo momento, non posso, vi raggiungerò dopo>> rispose Laura.

Aveva da sistemare delle ricevute di libri che aveva dato in noleggio, la sera prima. Ci teneva a sistemare ogni cosa al momento giusto, per evitare di dover svolgere lavoro arretrato. Non appena ebbe finito si avvicinò alle sue amiche.

<< Oggi, avverto in voi un'espressione particolarmente gioiosa >> disse Laura sorridendo. << Come se steste complottando qualcosa; ditemi se sbaglio! >>Le amiche scoppiarono a ridere.

<< A dire la verità non ti sbagli >> rispose Ida.

<< Stiamo organizzando un modo per contattare quella ragazza che chiede aiuto. >> disse Clara.

<< E in che maniera? >> rispose Laura.

<< Dobbiamo essere lì ogni giorno e studiare i comportamenti dei familiari. Solo così possiamo avere più probabilità di trovare un

momento favorevole. >> disse Clara.

La loro conversazione fu bruscamente interrotta da Milena che chiamò con urgenza Laura alla cassa.

Le due amiche, poi, andarono via e la salutarono frettolosamente.

Ci fu affluenza di gente e solo verso le 15,00 Laura si concesse una breve pausa. Mentre gustava al bar un panino con un'insalata, pensava come sistemare il locale in occasione del Natale e d'impulso le venne un forte desiderio di andare in soffitta per prendere lo scatolone che conteneva gli addobbi, poi sicuramente ne avrebbe comperati altri, per dare un tocco di nuovo. Finì velocemente di mangiare e poi chiamò la ragazza dicendo:

<< Martina! andiamo su in soffitta a prendere lo scatolone degli addobbi? >>

<< Ottima idea, signora! >> rispose la ragazza con aria gioiosa.

Si allontanarono ed arrivarono in soffitta: era posizionata sotto i tetti in una mansarda. Al centro, quasi sotto la finestra, c'era una scrivania coperta da un telo bianco, poi c'erano vari scatoloni; mentre Martina cercava quello degli addobbi, Laura si soffermò a guardare quella scrivania. Tolse il telo impolverato e fu subito trasportata dai ricordi: si trattava dello scrittoio che il padre aveva in camera da letto. Ricordava quando, negli ultimi tempi, passando dalla sua camera per dargli la buonanotte, lo vedeva lì che leggeva oppure scriveva. All'improvviso le venne in mente l'idea di portarla giù nel locale e collocarla sulla parete di spalle alla cassa; d'altronde aveva bisogno di un punto di appoggio per sistemare meglio i documenti e poi fu catturata da un forte desiderio di tenerla accanto a se.

<<Martina! hai trovato lo scatolone degli addobbi? >>

<< Sì, signora, eccolo qua, era finito proprio dietro e ho dovuto liberare lo spazio, qui avanti, per poterlo prendere >>

<< Ho pensato di portare giù anche questa scrivania. Mi piacerebbe tanto! >>

<< Va bene signora, è molto bella e si abbina molto bene anche all'arredamento del locale. Comunque posso farmi aiutare da Milena. >>

<< No, non preoccuparti credo di farcela con il tuo aiuto. >>

Dopo un po' di sforzi, finalmente arrivarono giù e Laura con tanto orgoglio sistemò la scrivania dove aveva pensato... ci stava proprio bene.

Era in legno di mogano stile inglese. Sotto ad una fascia frontale partivano dei cassetti: due a sinistra e due a destra. Era munita di secretaire con una sequenza di cassettini disposti a due a due orizzontalmente, che lasciavano spazio al centro, per uno sportellino più alto il quale poteva chiudersi a chiave; il tutto era completato da un ripiano con il bordo arrotondato che poggiava sullo sportellino centrale e si congiungeva alle fiancate laterali lasciando uno spazio vuoto sui cassettini.

Mentre Milena si occupava della cassa, Laura, con calma, si prese cura di quella sistemazione. A fine serata era tutto perfetto e rimase molto soddisfatta.

Nel frattempo che le ragazze stavano sistemando il locale per la chiusura, Laura distrattamente urtò bruscamente, con il gomito, allo spigolo della scrivania: doveva abituarsi ai nuovi spazi; mentre strofinava il gomito per attenuare il dolore che sentiva, si accorse di una cosa strana: si era distaccata una fascia laterale dalla parte sinistra della scrivania. In un primo momento pensò di aver rotto qualcosa, ma avvicinandosi e guardando meglio, si accorse che si era aperto un cassetto segreto, non visibile esternamente; inoltre notò, sotto al ripiano, in direzione dello spigolo, una levetta che azionata, provocava uno scatto d'apertura. Stupita, dall'esistenza di quell'ingranaggio, aprì ancora di più, quel cassetto, e con molta sorpresa trovò un tagliacarte ed un libro molto antichi.

Non volle rendere palese la sua scoperta: in fondo, un cassetto segreto fa sempre comodo averlo.

Frettolosamente, prese il libro con il tagliacarte e li nascose in borsa, poi richiuse il cassetto.

Quella sera, tornando a casa, aveva una forte emozione e non vedeva l'ora di guardare attentamente quel libro.

<<Perché nasconderlo così? Rappresenta qualcosa di importante? Disse tra se Laura.>>

Arrivata a casa doveva dedicarsi a Giulia e grazie all'amore della figlia riuscì a controllare quella voglia irrefrenabile che aveva, di appartarsi per osservare quel libro.

Non appena Giulia si addormentò, si rifugiò in camera da letto, mentre Paolo era ancora giù in salotto accanto al camino, che leggeva. Si sedette sul letto con il libro tra le mani; lo aprì, ma non vide niente di particolare, era solo un libro che trattava tutto sulla storia della musica antica.

Allora, dopo un respiro profondo per liberarsi da quello stato d'ansia, riaprì il libro dall'inizio. Adesso osservava ogni pagina nei minimi particolari cercando, in quel libro, qualcosa che potesse sciogliere il mistero che lo avvolgeva. Arrivò all'ultima pagina, ma purtroppo non trovò nulla.

Fu interrotta dall'arrivo di Paolo.

<< Come mai sei rimasta rinchiusa qui? >> le chiese con preoccupazione.

<< Non preoccuparti! avevo solo voglia di leggere in tranquillità >> Gli rispose con il libro tra le mani. << Ah! Vedo che si è fatto tardi!... non me ne sono proprio accorta. >> Lo tranquillizzò dandogli un bacio.

Laura preferì non raccontare l'accaduto di quella sera, perché in quel libro misterioso lei avvertiva la presenza di un segreto che la collegava al padre, e voleva, prima, vederci chiaro.

Spense la luce per addormentarsi, ma il suo stato d'animo non glielo permetteva: quei tanti perché, le passavano nella mente senza risposta, tormentandola. Dopo un'ora era ancora sveglia dominata da un'irrequietezza che non riusciva a placare. Accese la luce e si sedette al letto. Paolo si era già addormentato; prese daccapo quel libro per cercare di scoprire qualcosa. Dopo averlo riaperto, lo sfogliò ancora con molta attenzione soffermandosi ad osservare anche la copertina.

Niente, non riusciva ancora a capire nulla.

<< Non è possibile che non ci sia niente in questo libro. E' assurdo custodirlo in un cassetto segreto, senza motivo. >> Osservò continuando a sfogliare quelle pagine.

<< Per mio padre tutto aveva un senso logico. I suoi comportamenti erano sempre mossi da una ragione.>> replicò.

Sentiva tra le mani che quel libro racchiudeva un messaggio, ma non riusciva ancora a decifrarlo.

Erano le 2:00. Stanca, si rimise a letto e spense la luce. Chiuse gli occhi nel tentativo di addormentarsi, ma continuando ad essere ossessionata da quel pensiero li riaprì, e nel buio vagava con i pensieri.

All'improvviso le tornò in mente la scena del

cassetto che si aprì automaticamente, mosso da un congegno che lei aveva movimentato involontariamente e, come un flash, fu folgorata dall'immagine del tagliacarte.

D'impulso si sedette al letto dopo aver riacceso la luce, guardò l'orologio ed erano le 2:30. Paolo dormiva in un sonno profondo.

Si alzò in silenzio e dalla sua borsa estrasse il tagliacarte.

Lo osservò con attenzione e vide che era stata incisa una frase:

"Fatina mia, giochiamo per l'ultima volta".

Si emozionò tanto che le uscirono le lacrime, quella frase le ricordò i momenti in cui il padre le proponeva dei rebus che lei doveva risolvere. Lo faceva in quanto ci teneva ad allenare la mente con giochi intelligenti e lei si divertiva tanto a risolverli. Aveva imparato anche la musica con quei metodi giocosi.

Quella frase incisa le trasmise maggiore convinzione di continuare ad insistere nella sua ricerca.

Riaprì nuovamente il libro, e con il tagliacarte in mano, si chiedeva quale correlazione poteva esserci tra quei due oggetti custoditi insieme.

Incaponita, pensando all'utilizzo di quell'attrezzo, sfogliava, ora, il libro alla ricerca di pagine unite da aprire con il tagliacarte. Trovando le pagine tutte leggibili e quindi aperte, la sua attenzione si focalizzò sulla copertina. Guardandola bene notò che nella parte interna, era stato attaccato un foglio di una carta leggermente diversa rispetto alle pagine. Aderiva molto bene e non creava sospetti, però toccando con attenzione verso il centro della copertina, avvertì, al tatto l'esistenza di un ulteriore foglio all'interno. Non fu subito entusiasta di quella sensazione perché pensò che potesse appartenere alla struttura della copertina; ma non aveva scelta, doveva togliersi ogni dubbio; così prese il tagliacarte e con la punta cercò di distaccare il rivestimento interno.

Subito dopo, ebbe l'impressione di aver avuto l'intuizione giusta, in quanto con molta sorpresa e gioia allo stesso tempo, notò che quel rivestimento custodiva un foglio. Era ingiallito e piegato, ed il modo in cui era stato nascosto, le dava la sensazione di essere vicina alla scoperta di un segreto.

La curiosità si confondeva con la forte emozione che provava. Aprì quel foglio con il cuore in gola, ed il contenuto che mostrò fu sorprendente: si trattava del seguente spartito musicale.

In un primo momento, Laura non riuscì a capire il significato, ma poi guardando attentamente i gambi delle figure notò che non erano conformi al modo corretto di scrittura musicale, e fu questa osservazione che le fece venire in mente un gioco della sua infanzia.

Il padre si divertiva a scrivere le note invece delle lettere, praticamente aveva inventato la disposizione delle lettere dell'alfabeto sul pentagramma; quindi partendo dallo spazio, fuori rigo sotto, sino ad arrivare allo spazio, fuori rigo sopra, inseriva le lettere dalla "A" alla "M" poi discendendo dal quinto rigo sino ad arrivare allo spazio, fuori rigo sotto, inseriva le altre lettere dalla "N" alla "Z". Quindi era obbligatorio il verso del gambo della figura, perché per indicare le lettere che ascendevano, il gambo doveva essere verso su, al contrario per quelle che discendevano. Inoltre, le note scritte, rispettavano anche la divisione delle sillabe e le pause servivano per separare le parole. In questa maniera si poteva scrivere una frase che nessuno avrebbe potuto leggere. Laura ricordò subito questo bellissimo gioco che le faceva rivivere il passato. Si ricordò tutto per bene ed incominciò a decifrare nota per nota. Era molto emozionata, e sentiva il peso di quella frase nascosta sotto le note perché in fondo rappresentava l'ultima frase che il padre avrebbe voluto comunicarle e quindi doveva essere sicuramente importante. Lentamente riuscì a tradurre quella scrittura ed alla fine la lesse:

"Sotto la tastiera del pianoforte a coda che tengo a casa si trova il mio testamento."

Rimase immobile ed incredibilmente meravigliata.

<< Un testamento! Ma perché un altro testamento? Alla sua morte il notaio mi ha letto quello ufficiale. Dunque, perché lasciarmene un altro? >> sussurrò.

<< Cosa mi nascondevi? Per quale motivo non me lo hai detto quando eri ancora in vita? >>

Subito dopo Laura pensando al pianoforte disse tra sé:

<< Chissà che fine avrà fatto! Ricordo di averlo dato all'Istituto Sacro Cuore di Cremona; e pensare che l'ho donato! Credendo fosse inutile tenermelo! E invece...>>

Guardò l'orologio ed erano le 4.00; si sentiva tanto stanca e confusa che appena si mise a letto e spense la luce si addormentò.

CAPITOLO 5

IL PIANOFORTE

La mattina successiva Laura, si svegliò molto presto, dominata da una irrequietezza che non la lasciava riposare. Il pensiero che le balenava nella mente era la grande scoperta di quella notte: il testamento.

Non riusciva ancora a trovare una spiegazione del modo in cui era stato custodito, ed inoltre, si tormentava per il fatto di non essere più in possesso di quel pianoforte; parlava tra sé, quasi con rabbia, con un tono di rimprovero verso il padre, dicendo:<< Babbo! Perché non me lo hai detto quando eri in vita? >> e dopo un po' continuava: << Perché lasciarmi in questo mistero che forse non riuscirò mai a risolvere? >>

Queste frasi come un flash, le fecero affiorare un ricordo appartenente all'ultimo periodo di vita del padre, e cioè quando lei si trasferì nella casa paterna per stargli vicino giorno e notte.

Una mattina il padre, seduto al letto con difficoltà respiratorie, la chiamò: <<Laura! ... Laura! >> lei accorse subito, premurosa dicendo: << Babbo! ...sono qua! Dimmi! >> e lui con titubanza e sofferenza, invece, le rispose dicendo: << Niente! ...E se poi non muoio? >>

Laura, in quel momento non dette peso a quella frase, anzi, si preoccupò più che altro, a confortarlo scacciando via dalla sua mente, la presenza della morte.

Ora, quella riluttanza nel risponderle, aveva assunto un significato: le dava la sensazione che si riferisse al testamento nascosto. Forse in quel momento avrebbe voluto svelarle quel segreto, ma purtroppo la vita non glielo aveva più permesso. Questa deduzione logica, la lasciava più incuriosita e perplessa di prima, perché non solo andava a confermare l'esistenza di un segreto, ma addirittura, la sua rivelazione presupponeva la morte imminente di suo padre.

Certo, tutti questi pensieri trasmettevano a Laura solo angoscia, e lei ad un tratto per vincere questo stato d'animo, si alzò di scatto, indossò la vestaglia e con determinazione decise di rivelare al marito l'accaduto di quella notte: aveva un bisogno spasmodico di essere aiutata.

Mentre scendeva le scale per raggiungere Paolo in soggiorno, che già faceva colazione, fu inebriata da un piacevole profumo di biscotti che Veronica, con molta diligenza e passione, aveva preparato. Quando entrò in soggiorno, Paolo stava leggendo il giornale mentre sorseggiava il suo cappuccino; quella tavola apparecchiata con cura con al centro una ciotola di biscotti appena fatti, ed un piattino con cornetti caldi, le infuse subito buon umore.

<< Buongiorno, tesoro! ... ti sei svegliata presto

stamattina! >> le disse Paolo affettuosamente.

<< Sì, non ho dormito tanto, mi sento un po' intontita >> gli rispose portandosi le mani alla fronte. <<Mi sono addormentata verso le quattro, sono stata presa da un avvenimento che mi ha lasciata sveglia.>> e guardandolo negli occhi con uno sguardo profondo disse: <<Paolo, ho da darti una notizia importante >>.

Con uno sguardo accigliato e quasi interdetto disse: << Dimmi pure!... è grave? >>

Veronica in quel momento le portò il suo cappuccino, e lei, dopo un respiro profondo e iniziando ad assaporare quei biscotti molto invitanti, disse: << Non spaventarti! Non è una cosa grave! >> E dopo aver ringraziato Veronica per la colazione pronta continuò a dirgli: << Ieri ho scoperto che mio padre mi ha lasciato un testamento. >>

<< Un testamento? >> ripeté Paolo restando immobile con uno sguardo pieno di meraviglia.

<< Ma non l'hai già letto, davanti al notaio, quando è morto tuo padre? >> osservò.

<< Sì, ... ma evidentemente me ne ha lasciato un altro in forma segreta. >>spiegò Laura notando in lui tanto stupore.

<< Solo che ho un problema da risolvere: è stato nascosto nel pianoforte che non ho più. Ti chiedo se puoi aiutarmi nella ricerca.>> aggiunse sperando in una sua collaborazione.

Paolo era rimasto ancora sconvolto da quella notizia inaspettata, e dopo un attimo di esitazione le disse:

<<Sì, Certo!... ma tu sai dov'è quel pianoforte? >>

<< Non ricordi? L'ho donato all'Istituto Sacro Cuore di Cremona, circa sei mesi fa. Che dici passiamo stamattina? >> chiese Laura con un atteggiamento ansioso.

<< Sì, però dobbiamo andarci il più presto possibile perché ho un appuntamento in tarda mattinata. >> rispose Paolo dopo un attimo di esitazione.

Laura fu tanto felice, per quella risposta, che gli dette un bacio fortissimo. Subito andò a prepararsi e dopo venti minuti era già pronta.

Aprì lo sportello della macchina con l'entusiasmo di una bambina, resa felice per essere stata accontentata in un suo desiderio.

Paolo era un uomo molto preso dal suo lavoro di avvocato, ma riusciva quasi sempre ad intercalare gli impegni riguardanti la famiglia. Era bruno, alto, magro, affascinante con quei capelli che portava all'indietro. Lei si sentiva protetta quando l'abbracciava, essendo più alto di lei, e quegli occhi neri, con uno sguardo vivace quando la guardavano, le infondevano sicurezza perché trasmettevano una prontezza nel trovare la soluzione ad ogni problema.

In macchina, durante il percorso, Laura, mentre lo guardava con gratitudine e gioia, ricadde, subito dopo, nei pensieri di quella realtà che le si era presentata: le sue prime indagini per il ritrovamento del testamento. Porgendo la sua mano sulla spalla di Paolo, che stava guidando, gli disse:

<< Sai, Paolo! ... sto sperando di incontrare brave persone che possano comprendere la mia situazione e possano, soprattutto, dirmi la verità. >> Accarezzandogli la guancia, continuò dicendo: << In questo momento sto avvertendo la stessa ansia che provavo in un giorno di esami, con la stessa speranza che tutto possa essere superato. >>

<< Ti capisco, ma non essere così in ansia, vedrai che tutto andrà bene.>> Le rispose stringendole la mano.

<< Purtroppo, non è facile! sono tormentata, dal mistero che c'è dietro questa storia. >> confessò Laura portandosi i capelli all'indietro.

<< Cosa mai, potrà esserci scritto su un testamento, escludendo l'ipotesi di una proprietà, visto che ne sono venuta già in possesso?>> osservò guardando il marito impegnato alla guida.

<< Anch'io mi pongo la stessa domanda. >> Rispose Paolo.

Laura rimase in silenzio per tutto il resto del percorso, rimuginando ricordi e pensieri legati a suo padre.

Fu quasi scossa dalla voce di Paolo quando all'improvviso esclamò nel silenzio: << Ecco!... siamo arrivati! >> disse mentre si accingeva a parcheggiare la macchina.

Erano le 9:00 quando arrivarono davanti all'Istituto Sacro Cuore di Cremona, scesero dalla macchina; dopo aver varcato il cancello, attraversarono il giardino, qui c'erano delle scale davanti ad un portone e dopo averle salite ebbero accesso in un corridoio lungo e largo che attraversava tutto lo stabile. Una donna, addetta alle pulizie, che si trovava a metà corridoio, vedendoli entrare, interruppe il suo lavoro poggiando i guanti e gli stracci sul macchinario che stava utilizzando per lucidare il pavimento; si apprestò, con modi servizievoli, a correre verso di loro dicendo:<< Signori, cosa desiderate? >>

Laura e Paolo rimasero fermi, non sapendo di chi avessero realmente bisogno, dopo un attimo di esitazione, Paolo rispose:

<< Vorremmo parlare con il direttore, è possibile? >>

<< Avete un appuntamento? >> rispose la donna gentilmente.

<< No, ma essendo una questione piuttosto urgente, vorremmo contattarlo lo stesso. >> rispose Paolo cordialmente, accennando ad un sorriso.

<< Il Direttore non è ancora arrivato, ma sicuramente sarà qui tra poco; se volete potete attenderlo. >> Avendo ricevuto approvazione da parte dei due coniugi, li invitò a seguirla e si diresse verso una porta che si trovava a sinistra.

<< Ecco accomodatevi pure in questa sala. >>

disse aprendo la porta.

<< Grazie! >> rispose Laura con compiacimento.

La sala dove entrarono, era molto grande, c'era un pianoforte a coda sul lato sinistro ed era posizionato davanti ad una finestra la quale aveva delle tende aperte, che lasciavano intravedere il davanzale ricolmo, esternamente, di gerani in vari colori. Al centro della sala c'era un tappeto persiano grandissimo, sul quale erano disposte delle poltrone, due divani e due tavolini bassi quadrati; sulla destra c'era una grande scrivania con una poltrona in pelle nera posizionata davanti ad un balcone colmo di piante. Si sedettero occupando uno di quei due divani posizionati al centro della camera; rimasero ad osservare i quadri e gli oggetti che la adornavano e l'attesa fu resa piacevole dall'ambiente circostante in quanto era indubbiamente pulito ed ordinato.

Dopo appena 5 minuti videro entrare un signore di circa quarant'anni, alto, magro dai capelli neri portati all' indietro. Laura e Paolo si alzarono immediatamente.

<< Buongiorno! mi hanno detto che desiderate parlare con me >> disse con voce possente.

<< Sì. buongiorno, sono Paolo Carpelli >> si presentò stringendogli la mano.

<< Piacere! Mario Leoncavallo. Cosa avete da dirmi? >> chiese invitandoli ad accomodarsi alle poltroncine della scrivania, mentre lui passava dall'altra parte sistemandosi alla sua

poltrona.

<< Mia moglie, circa sei mesi fa, ha donato a questo istituto, un pianoforte a coda. Ieri è venuta a conoscenza che proprio in quel pianoforte, sotto la tastiera, il padre le ha lasciato un testamento. Potete aiutarci in questa ricerca? >>

<< Ma come ha saputo tutto questo? >> Chiese il direttore incuriosito, ignorando la richiesta di aiuto.

<< Ha trovato una dichiarazione scritta dal padre. >> Rispose Paolo un po' infastidito dalla curiosità inappropriata.

<< Potete dirci se lo avete trovato? >> chiese Laura con impazienza, non sopportando l'aspetto autoritario di quel signore.

<< No, non ho mai saputo di un testamento, e poi questa cosa non mi compete >> rispose con un atteggiamento distaccato. << Comunque, ogni giorno viene un maestro di musica che è anche accordatore ed è stato lui a prendersi cura del vostro pianoforte; vi consiglio di contattarlo >> disse con un tono risoluto.

<< Quando possiamo trovarlo? >> chiese Paolo.

<< Dovrebbe arrivare, credo, tra mezz'ora. Se volete, potete rimanere qui ad aspettarlo. >>

<< Grazie, per la vostra gentilezza >> rispose Paolo

Il Direttore si alzò subito, e con un sorriso stampato, li salutò andando via immediatamente.

I due coniugi, si guardarono e poi decisero di rimanere. Laura rimase in silenzio per un po' di tempo, poi si rivolse a Paolo con una voce silenziosa.

<< Penso che anche l'accordatore ci dirà di non sapere nulla >>

<< No, Laura non devi abbatterti! anche se ci risponderà come dici tu, questo non vuol dire che non riusciremo a trovarlo. >>

<< Voglio crederti. Solo tu mi dai la forza. >> rispose Laura dandogli un bacio.

Mentre aspettavano in silenzio, guardandosi di tanto in tanto, e prendendosi per mano, sentirono dei passi. Pensarono che stesse arrivando il maestro, invece arrivò una ragazza.

Laura rimase sorpresa nel vederla: era la ragazza bionda dai capelli lunghi e lisci cliente del locale.

<< Buongiorno signora, come mai qui? >> chiese la ragazza meravigliata per quell'incontro inaspettato.

<< Devo parlare con il maestro. E lei come mai qui? >> chiese con stupore Laura.

<< Sono un'allieva. Studio pianoforte da cinque anni e da due anni mi segue il maestro Renzo Raffi >> spiegò la ragazza con molta disinvoltura.

<< Di solito ci incontriamo al locale, ma non abbiamo mai avuto l'occasione di presentarci. >> osservò Laura e, prendendo l'iniziativa, le porse la mano dicendo:

<< Molto lieta, Laura. >>

<< Piacere, Alice Carrera. >> rispose la ragazza stringendole la mano con forza.

Si allontanò per poggiare la sua borsa di libri sul pianoforte e subito dopo si riavvicinò a Laura.

<< Che strano incontrarci qui. Non l'avrei mai immaginato! >> osservò la ragazza esprimendo la sua meraviglia.

<< Oggi la vedo più allegra, a differenza dell'ultima volta che l'ho vista al locale. >> puntualizzò Laura sorridendo.

<< Sì, in effetti ho attraversato un brutto periodo per un problema in famiglia, che mi faceva stare male, ma adesso sono un po' più serena. >> spiegò la ragazza con disinvoltura.

Mentre conversavano furono interrotti dalla presenza del maestro che entrò all'improvviso.

Era un uomo di circa trent'anni, capelli neri, un po' stempiato, con un abito blu ed un cappotto blu che portava sul braccio, con l'altra mano portava una borsa color cuoio tipo cartella.

<< Buongiorno, state aspettando me? >> disse mentre poggiava la borsa ed il cappotto sulla sedia vicino al pianoforte.

<< Vorremmo parlare con il maestro di musica; è Lei? >> chiese Paolo.

<< Sì, in cosa posso esservi utile? >> rispose con molta naturalezza.

Nel frattempo Alice si appartò dirigendosi verso il pianoforte e stette lì ad aspettare il maestro.

<< Circa sei mesi fa ho donato un pianoforte a

coda che avete accettato qui in questo Istituto. Oggi ho saputo che in quel pianoforte c'era il testamento di mio padre, lei per caso, lo ha visto? >>

Il maestro rimase un po' sorpreso e per un attimo non sapeva dare risposta.

<< Scusate la mia perplessità. Non capisco! questa storia mi sembra un po' strana. Lasciare un testamento in un pianoforte! >> replicò con un'aria estranea all'argomento.

<< Ma quando lei lo ha accordato, ha trovato qualcosa sotto la tastiera? >> chiese Paolo con determinazione.

<< No, guardi, ricordo solo che era un pianoforte che non manteneva l'accordatura, perché aveva le caviglie allentate, e quindi proprio per questo motivo ce ne siamo sbarazzati; l'abbiamo donato ad un ragazzo di una famiglia di contadini, se vuole posso darle l'indirizzo. >>

<< D'accordo, grazie. Vedremo di contattare questo ragazzo. >> rispose Paolo, disposto, ormai, ad andare fino in fondo a questa faccenda.

Il maestro si recò in un'altra stanza e tornò subito dopo con un biglietto dove era scritto quell'indirizzo e lo consegnò a Paolo.

<<Grazie, e scusi per il disturbo, >> rispose Paolo gentilmente.

<< Scusi se le faccio un'ulteriore domanda. >> intervenne Laura quasi vergognandosi del

disturbo che stava arrecando. << Vorrei sapere, quando lei lo ha accordato, le è capitato di guardare sotto la tastiera? >>

<< Guardi, per accordare un pianoforte non occorre smontarlo completamente, dunque, perché avrei dovuto guardare sotto la tastiera? >> rispose con freddezza il maestro.

Subito dopo si salutarono e andarono via. Laura era sconfortata, ma allo stesso tempo si sentiva sostenuta da un filo di speranza.

Uscendo, lessero l'indirizzo che era scritto sul biglietto e Laura disse:

<< Che dici, possiamo passare verso le 15:00, non voglio rimandare a domani, sarebbe un'attesa che mi farebbe stare molto in ansia. Hai degli impegni oggi pomeriggio? >>

Dopo un attimo di esitazione le disse:

<< Aspetta un attimo. >> Rispose prendendo la borsa portadocumenti, sui sedili posteriori della macchina. Dopo aver dato uno sguardo alla sua agenda, le disse:

<< D'accordo, passerò a prenderti dal locale. >>

Paolo la accompagnò al lavoro e poi andò via.

Entrando nel suo locale, cercò di mascherare il problema che l'assillava, salutando tutti con un sorriso. Le sue amiche in quel momento stavano andando via, la salutarono allegramente e lei non fece cenno, in nessun modo, del suo accaduto.

Quella mattina anche se il lavoro la teneva impegnata, guardava sempre l'orologio, con impazienza; l'idea di poter rivedere, finalmente, il suo pianoforte rafforzava la speranza di poter avere tra le mani il testamento, anche perché, il maestro aveva dichiarato di non aver mai guardato sotto la tastiera. Continuò così tutta la mattinata sino all'orario dell'appuntamento, alternando il lavoro alle sue preoccupazioni personali,

Paolo, si presentò alle 15:00 puntualissimo e Laura salì subito in macchina. Dovevano percorrere 10 chilometri; durante il tragitto, era sorridente e gioiosa, ma ad un tratto cambiò espressione: in quel momento fu assalita dalla paura di vivere un'illusione.

Paolo si accorse di questo suo cambiamento repentino, e prendendole la mano disse:

<< Che cosa stai pensando? >>

<< Forse mi sto illudendo. Questa è l'ultima opportunità; dopo non saprò più in quale direzione andare. >> Rispose con gli occhi lucidi come se volesse piangere.

<< A quel punto l'avrò perso per sempre, e non saprò mai cosa avrebbe voluto dirmi mio padre. >>

Paolo comprendendo la sua emozione, rimase per un attimo in silenzio, poi rallentando accostò la macchina sul ciglio della strada e con la mano le prese il mento e girò il suo viso verso di lui. La guardò e disse:

<< Non voglio vederti così. Fidati di me non mollerò sino a quando non lo avrò trovato>>

Lei lo guardò con un sorriso che le illuminò il volto e poi gli disse:

<< Grazie, so che posso contare su di te. >>

<< Certo! se qui non dovessimo trovarlo, vorrà dire che qualcuno se ne sarà appropriato; in questo caso ci lavorerò per smascherarlo, ricordati che sono un avvocato! >> Disse Paolo per incoraggiarla.

Rasserenata da quelle parole, lo baciò sulla guancia, con molta gratitudine.

Dopo cinque minuti arrivarono. Era un posto di campagna dove c'era una casetta abitata e, accanto, una stalla con delle mucche. Fuori, un signore basso e robusto curava l'orto, appena li vide si avvicinò con aria sospettosa dicendo:

<< Chi siete? Cosa cercate? >>

<< Sono Paolo Carpelli, cerchiamo Fabrizio, è vostro figlio? >> Gli rispose gentilmente cercando di tranquillizzare quel signore che mostrava una evidente diffidenza.

<< Sì, ma cosa volete da lui? >>

<< Dobbiamo chiedere delle informazioni che solo lui può darci, perché riguardano un pianoforte che gli è stato donato qualche mese fa. >>

<< Ah!!... per quel pianoforte! >> disse l'uomo con un'aria infastidita, << In quel periodo abbiamo litigato; comunque ora ve lo chiamo. >>

Si avvicinò alla casa camminando lentamente ed un po' zoppicante; aprendo la porta lo chiamò.

Fabrizio dopo un po' uscì. Era un ragazzo di vent'anni dai capelli ricci con il volto di lentiggini. A primo impatto, trovandosi davanti a due persone sconosciute, aveva un'aria distaccata mantenendo uno sguardo accigliato anche dopo le presentazioni.

<< Cosa vi ha spinto a venire sin qui? Non vi conosco. >> disse con voce sottile che esprimeva il suo disagio.

<< Sappiamo che ti hanno regalato, qualche mese fa, un pianoforte; potremmo vederlo? >> disse Paolo.

<< Non capisco il motivo di questa vostra richiesta. >> Rispose il ragazzo mantenendo una posizione distaccata.

<< Perché ho scoperto, in questi giorni, che mio padre mi ha lasciato una lettera sotto la tastiera. >> Disse Laura con un sorriso che serviva a tranquillizzare il ragazzo per la sua giusta diffidenza. << Mio padre è morto, e puoi capire cosa significa per me ritrovare quella lettera. >> Disse Laura cercando di impietosire il ragazzo.

<< Mi dispiace! >> rispose colpito dall'espressione di Laura. <<Una lettera? Certo deve essere importante per lei. >> continuò.

Dai suoi occhi traspariva, che incominciava a sciogliere quei suoi dubbi assumendo un atteggiamento più disinvolto e sicuro.

Un attimo dopo si mise a loro disposizione

dicendo: << Seguitemi! ora vi accompagno.>>

Entrarono in una stanza adiacente alla stalla e Laura vide il suo pianoforte in pessime condizioni. Le si strinse il cuore nel vederlo malridotto, in quel momento sentì di aver commesso un grave errore nel donarlo, si avvicinò per toccarlo e fu presa da un grande rammarico.

<< Ti è capitato di aprirlo dove c'è la meccanica?>> chiese Laura, ormai con un'aria più confidenziale.

<< No, non saprei nemmeno farlo. >> rispose il ragazzo; poi con tanta tristezza le rivelò la sua sofferenza. <<Avrei tanto voluto tenerlo in casa, ma mio padre non me lo ha permesso, e adesso si è rovinato, tanto che ci sono dei tasti che non suonano più. >>

<< Mi dispiace! >> disse Laura, colpita da quella rivelazione che fece emergere il lato tenero di quel ragazzo. <<Vorrei aprirlo. >> continuò con un'emozione che le si leggeva negli occhi.

<< Apritelo pure! >> disse il ragazzo indietreggiando dal pianoforte per far spazio a Laura.

Lei conosceva il meccanismo, lo aveva visto tante volte a casa sua. Il loro giardiniere era anche musicista, sapeva suonare il piano e sapeva anche accordarlo. Il padre si riteneva fortunato per avere un giardiniere anche accordatore, perché così aveva la possibilità di tenere quel pianoforte sempre a posto pur avendo una meccanica rovinata.

<< Scusa, mi occorre un giravite. >> disse Laura al ragazzo << E' possibile averlo? >>

<< Sì, vado a prenderlo. >> rispose allontanandosi.

Tornò, subito dopo, con il giravite in mano. Laura, nel frattempo, aveva già tolto il coperchio della tastiera e quando ebbe il giravite, riuscì ad estrarre la meccanica, liberandola dalle viti che la tenevano fissata; infine si trovò a guardare sotto la tastiera rimuovendo i tasti un po' per volta, ma quando ebbe finito, purtroppo, non trovò nulla; si sentì sprofondare, in cuor suo sperava tanto in quel momento.

Rimise tutto a posto, e subito dopo, scrollando le spalle, andò via con Paolo, salutando e ringraziando Fabrizio per la sua gentile disponibilità. Ormai era invasa da una delusione profonda, appena risalita in macchina, telefonò alle ragazze che lavoravano nel suo locale e disse:

<< Milena, occupati tu della chiusura: ho bisogno di tornare a casa. >>

<< Signora, Vi è successo qualcosa? State poco bene? >> chiese con preoccupazione la ragazza.

<< No, non preoccuparti, mi sento solo stanca. >> Rispose rassicurandola.

Non appena chiuse la comunicazione, rimase in silenzio rifugiandosi nei suoi pensieri.

Stavano tornando a casa, e dopo dieci minuti di

quel silenzio, volgendo lo sguardo verso Paolo che guidava, gli disse:

<< Una cosa è certa: il testamento esiste e si trovava proprio lì, mio padre non poteva mentirmi. Qualcuno ne è entrato in possesso e lo tiene nascosto, non so per quale motivo. Ora la ricerca diventa sempre più difficile >>

<< Hai ragione Laura, ma non perdere la speranza di ritrovarlo! >>

Tornando a casa in anticipo, Giulia fu felice e Laura trascorse la serata in armonia con la figlia. Ma, appena si mise a letto rimase tanto tempo al buio con gli occhi aperti, pensando sempre la stessa cosa: <<dove sarà mai il mio testamento? Cosa mai ci sarà scritto, per indurre una persona a tenerlo per sè? >>

Con tutte queste domande, che le martellavano il cervello alle quali non sapeva dare risposta, si addormentò.

L'indomani si alzò con una forza interiore diversa, aveva deciso di combattere. Il padre le aveva insegnato che nella vita non bisogna mai arrendersi; una situazione difficile da risolvere non vuol dire impossibile, quindi mai arrendersi. Era giunto il momento di mettere in pratica gli insegnamenti che aveva ricevuto, e non voleva, di certo, deludere suo padre.

CAPITOLO 6

ALICE

Alice, pur rimanendo in disparte, aveva ascoltato la conversazione tra Laura ed il maestro.

Ne rimase indubbiamente colpita, ma non appena incominciò la lezione, fu presa dall'impegno che il pianoforte richiedeva e durante quell'ora rimase estranea alla vicenda di Laura.

Quando salutò il maestro ed andò via, ritornò a pensare alla strana storia che aveva ascoltato e si immedesimò in quella situazione che, purtroppo, Laura stava vivendo. Non solo aveva perso il padre, ma stava perdendo anche un qualcosa che il padre stesso desiderava lasciarle, e questo, pensò, doveva essere terribile.

Alice, una ragazza di ventitré anni, molto sensibile agli affetti familiari, era unica figlia ed aveva superato per ben due volte situazioni che l'avevano fatta tanto soffrire. La prima volta quando la mamma, abbandonò sia lei che suo padre per inseguire un folle amore; era successo tutto in così breve tempo, che si trovò impreparata a quel cambiamento di vita. All'inizio piangeva di nascosto e avvertendo il vuoto che le aveva lasciato, la detestava e si sentiva una ragazza sfortunata. Dopo circa due mesi, proprio quando riusciva a comprendere e quindi ad accettare il gesto della mamma, si presentò una seconda situazione, altrettanto dolorosa, cioè quando il padre portò a casa una donna che in poco tempo si stabilì, prendendo il posto di sua madre. Non riusciva ad accettare questa decisione del padre, anche perché la donna, con la quale doveva convivere, era poco rispettosa.

La circostanza che le ridette il sorriso e la gioia di vivere, fu di andare a convivere con il suo ragazzo: Marco Crespi.

Distaccandosi dal padre non doveva più sopportare la pressione della sua compagna che continuamente condizionava la sua vita: le impediva di studiare il pianoforte dicendole che le provocava mal di testa; inoltre aveva apportato cambiamenti in quella casa, facendola sentire una estranea.

Non sopportava più quella vita soffocante. Non appena Marco, accorgendosi della sua sofferenza, le fece la proposta di andare a vivere insieme, le si illuminò il viso, perché era felice di cambiare vita.

I due ragazzi erano fidanzati da due anni ed erano molto innamorati ed avevano una grande complicità ed intesa.

Quella mattina tornando a casa, i suoi pensieri giravano intorno al comportamento del maestro, per come si era posto nei confronti di Laura. Quasi istintivamente le passò nella mente un ricordo che le faceva presupporre una correlazione al testamento che cercava Laura e voleva subito consultarsi con il suo ragazzo.

Appena entrata in casa, Marco le propose di andare a mangiare fuori e lei fu contenta così avevano un po' di tempo per parlare in tranquillità, decisero di recarsi al locale "LIBROAMICO".

Appena entrati Laura rimase meravigliata nel vedere Alice con un bel ragazzo, era la prima volta che le capitava di vederla in compagnia.

<< Ciao, Alice! >> le disse mentre osservava quel ragazzo alto dai capelli di un biondo cenere e dagli occhi verdi.

<< Ciao, Laura, vorremmo fermarci per il pranzo. >>

Dopo aver ordinato, presero posto ad un tavolino; Alice poggiò la borsa su una sedia che stava accanto e prendendo le mani di Marco tra le sue, catturò la sua attenzione dicendo:

<< Marco, sono impaziente nel volerti raccontare quello che mi è accaduto stamattina, quando ero a lezione di pianoforte. >>

Lui, non riuscendo ad immaginare il motivo di quella impazienza insolita di Alice, guardandola rimase ad ascoltarla con curiosità.

<< Laura, la proprietaria di questo locale, stamattina è venuta a parlare con il mio maestro, perché da pochi giorni ha scoperto che il padre le ha lasciato un testamento in un pianoforte che purtroppo lei non ha più, in quanto lo ha donato. Era evidente, dalla espressione del suo viso, il grande rammarico che provava per essersi sbarazzata di quello

strumento così prezioso.>>

<< Ma il tuo maestro cosa centra in tutto questo? >>
<< Quel pianoforte è stato portato all'istituto, ed il mio maestro aveva l'incarico di accordarlo >>
<< E tu perché sei così presa da questa storia? >>
<< Perché istintivamente mi sono ricordata di una scena che mi è successa circa tre mesi fa, che mi è rimasta impressa. >>
<< Di cosa si tratta? >>
Furono interrotti dall'arrivo del pranzo che avevano ordinato; e mentre mangiavano l'insalata continuarono la conversazione.
<< Una mattina mi recai a scuola per la solita lezione di piano e trovando la porta aperta, entrai senza bussare, vidi il maestro che stava leggendo un foglio, ma non appena si accorse della mia presenza, con uno scatto fulmineo lo nascose tra i libri. Questa è una scena che mi è rimasta impressa ed oggi mi fa nascere dei dubbi, perché posso anche pensare che stesse leggendo il testamento di Laura. Non ti pare? >>
<< Sì, può essere anche giusto quello che pensi, ma non puoi esserne certa! >>
<< Sento che devo raccontarlo a Laura, magari lei, essendo la persona interessata, può fare pressione sul maestro per conoscere la

verità. >>

<< Ma no! sbagli completamente! Non puoi raccontare in giro, supposizioni che ti passano nella mente, senza nessuna certezza di quello che dici. Ti rendi conto che, in questa maniera vai ad infangare la reputazione del tuo maestro? >>

<< È chiaro che devo puntualizzare il fatto che non ho prove in merito; è solo un episodio che ho collegato alla sua ricerca. >>

<< Continuo a dirti che stai sbagliando, non devi divulgare i tuoi pensieri così facilmente. Oltretutto non sei nemmeno una grande amica di Laura, quindi perché metterti in questa situazione? >>

<< La vicenda di Laura mi ha toccato nei sentimenti. Sai cosa significa non riuscire a trovare il testamento? Ignorare per tutto il resto della vita ciò che tuo padre avrebbe voluto dirti? È come essere privata per sempre di un gesto d'amore di un tuo genitore; ed io ne so qualcosa, perché sono stata privata non solo dei gesti, ma anche della loro presenza. >>

Adesso Alice aveva gli occhi lucidi ed il viso arrossato: era evidente che inconsciamente, la sua sofferenza, vissuta in passato, stava riaffiorando.

Marco frenò questa sua emozione, accarezzandole il viso e tenendo le sue mani ben strette.

<< Alice, adesso calmati, non credo sia il

momento giusto per parlare con Laura; rimanda a domani la tua decisione. >>

La ragazza, coccolata dalle attenzioni di Marco si tranquillizzò, accettando i suoi consigli. Non appena ebbero finito di pranzare andarono via serenamente.

Il giorno successivo il locale fu molto frequentato da gente, sia in biblioteca sia al bar. Nel primo pomeriggio l'ora di punta era passata e Laura approfittò per una pausa caffè.

<< Ciao, amiche mie! >> disse Laura con un'aria stanca avvicinandosi ad Ida e Clara che erano sedute nel reparto salotto. << Finalmente un po' di riposo. >> disse dopo un respiro profondo per liberarsi dallo stress accumulato. << Che mi dite di nuovo? >> disse dopo aver sorseggiato il suo caffè.

<< Niente di particolare. Possiamo dirti soltanto che questi ultimi dieci giorni li abbiamo dedicati a studiare le abitudini della famiglia che abita in quel famoso villino. >> Rispose Ida.

<< È stato un lavoro abbastanza duro passare inosservati per non creare sospetti e, addirittura, alcune volte abbiamo dovuto nasconderci. Per fortuna quello è un posto dove ci sono molti alberi e cespugli; puoi immaginare le scene assurde che abbiamo dovuto vivere. >> disse Clara ridendo.

<< Adesso però siamo pronte ad intervenire. >> continuò Clara mentre sorseggiava il tè.

<< Sì, abbiamo notato che conducono una vita

abitudinaria e questo ci facilita tutto, perché conoscendo gli orari di uscita e di rientro sappiamo quando avvicinarci alla ragazza; il nostro obiettivo è offrirle la nostra amicizia. Penso che, quando si è soli, fa sempre piacere avere un amico. Non è vero?>> disse Ida.

<< Sì, lo penso anch'io. Sono contenta! Quindi fra poco avremo degli sviluppi in merito. Da parte mia posso dirvi che ogni sera, passando da quella strada continuo a vedere sempre quella luce intermittente. >>

<< E tu hai qualcosa da raccontare? >> disse Ida con molta naturalezza.

Ci fu un attimo di silenzio da parte di Laura, dovuta all'indecisione di renderle partecipe alle indagini per il ritrovamento del testamento. Ma alla fine prevalse la fiducia che lei ormai nutriva per loro e così raccontò tutto.

<< Incredibile! >> disse Ida << Ma adesso stai continuando ad indagare? Non mi dire che ti sei arresa. >>

<< No, non voglio arrendermi, solo che per il momento non so da dove incominciare perché sono priva di indizi. Anzi ne ho parlato con voi anche per avere un aiuto. >>

<< Certo, Hai fatto benissimo! >> rispose Clara.

<< Quindi analizzando la situazione, possiamo dire che, sino ad ora, hai contattato solo tre persone; ma devi pensare che in quell'istituto ci sono sicuramente altri insegnanti. Quindi l'indagine potrebbe allargarsi ad altre persone

che lo frequentano. >> disse Ida con molta convinzione.

In quel momento entrò Alice che dopo essersi fermata alla cassa si diresse verso il bar dove occupò il solito tavolino un po' appartato e mentre sorseggiava una spremuta di arancia si immerse nella lettura di un libro.

<< Allora, Laura, cosa ne pensi della mia idea? >> chiese Ida.

Le amiche si accorsero che era rimasta con uno sguardo fisso e non riuscivano a capire cosa stesse pensando o vedendo.

<<Laura, cosa ti è successo? >> chiese Clara scuotendole la gamba con la mano.

<< Oh! ... Scusate è che mi avete fatto venire in mente un'idea. Adesso devo andare via ci vediamo più tardi. >>

Ida e Clara, prese da un improvviso sconcerto, la seguirono con lo sguardo e videro che si sedette al tavolino in compagnia di una ragazza dai capelli biondi e lisci.

<< Scusami Alice. Posso rubarti qualche minuto? >>

<< Certo, Laura, non preoccuparti. >>

<< Non so se stamattina hai sentito la conversazione con il tuo maestro. >>

<< Sì, a dire la verità, è stato inevitabile ascoltare e mi è dispiaciuto vederti andar via a mani vuote. >>

<< Purtroppo sto vivendo in uno stato di angoscia che devo cercare di superare. L'unica

cosa che può farmi ritornare la serenità è riuscire ad avere tra le mani quel testamento. >>

<< Ti capisco perfettamente. Posso esserti utile in qualche modo? >>

<< Sì, siccome frequenti quell'istituto da due anni, voglio chiederti se il giorno che hanno consegnato il pianoforte tu eri presente. >>

<< Sì, ricordo perfettamente quel giorno; mentre mi sedetti al pianoforte per prepararmi alla lezione sentì un movimento di gente nel corridoio e la donna, addetta alle pulizie, entrò velocemente nella mia stanza per spostare alcuni divani; successivamente entrarono quattro uomini che trascinavano un pianoforte a coda e lo sistemarono nello spazio vuoto che la donna aveva creato. Il maestro tardava a venire ed io incuriosita mi alzai e mi avvicinai a quel pianoforte. Sollevai il coperchio e vidi che aveva una tastiera un po' consumata, addirittura c'erano dei tasti che avevano le placchette in avorio spezzate. >>

<< Sì, era proprio il mio pianoforte! >> disse Laura con gioia. << Dai raccontami tutto quello che hai visto.>>

<< Il mio maestro arrivò subito dopo e rimase meravigliato nel vedere un secondo pianoforte a coda.>>

<< Nient'altro? >> chiese Laura felice di conoscere quei dettagli. << Puoi dirmi poi cosa è successo? >>

<<Per fortuna ho potuto assistere al seguito. La mattina successiva avevo lezione di armonia; quando entrai rimasi colpita nel vedere quel pianoforte aperto. Il maestro mi spiegò che aveva intenzione di accordarlo, ma controllando la meccanica si rese conto che c'erano da fare degli interventi in particolar modo su alcuni martelli consumati che rovinavano il suono. Per questo motivo era stato costretto a rimuovere dei tasti. >>

<< Quindi hai visto il pianoforte smontato e aperto? >> chiese con stupore, notando che quel racconto non corrispondeva alla versione del maestro, il quale aveva dichiarato di non averlo aperto.

<< Sì, è proprio così >> affermò Alice << inoltre devi sapere che, quando mi sono recata dopo tre giorni, per la lezione successiva il pianoforte era stato ricomposto e mentre stavo aspettando il maestro, vidi entrare all'improvviso il Direttore seguito da una squadra di quattro uomini i quali gli chiesero dove avrebbero dovuto portare quel pianoforte. Il Direttore, prontamente rispose dicendo: in "Via Alessandro Manzoni, 5 al terzo piano" >>

<< Sei sicura di questa via? Come fai a ricordarla? >>

<< Mi è rimasta impressa perché è la stessa dove abitava Marco, il mio ragazzo. >>

<< E dopo cosa è successo? >> chiese Laura incuriosita da quel racconto.

<< Quel giorno portarono via quel pianoforte; ma la cosa strana è che dopo circa un mese, lo riportarono e di questo non so spiegarti il motivo. >>

<< Non hai più nulla da dirmi? >>

<< Per una settimana, il maestro, tutte le mattine alle 7:00 si recava all'istituto per sistemare quel pianoforte. Me lo raccontò lui stesso che era preso da quel lavoro. Una mattina appena arrivata, lo trovai che suonava con soddisfazione, felice di averlo sistemato, anzi mi disse che aveva un suono bellissimo. Questo non è durato tanto perché il maestro si accorse che quel piano presentava, purtroppo, un danno difficile da ripararsi; infatti incominciò a lamentarsi sino a spazientirsi completamente perché non manteneva l'accordatura.

Un giorno, il maestro, parlando per caso con la donna addetta alle pulizie dell'istituto, sentì che parlavano di un nipote della donna, il quale aveva tanta voglia di imparare a suonare il piano, ma non aveva le possibilità per acquistarlo e così, il maestro, dopo essersi consultato con il direttore decise di donarlo. Due giorni dopo, il pianoforte non c'era più e quindi non so dirti più nulla, non so che fine abbia fatto.>>

<< Alice, ti ringrazio tanto per avermi raccontato tutta questa storia che ignoravo completamente e che non so perché non me

l'abbiano raccontata. Comunque scusami se ti ho fatto perdere del tempo, te ne sono grata. >>

<< Non ci pensare nemmeno, se posso fare qualcosa che ti può essere di aiuto, ne sono felice. >>

Laura fu chiamata da Milena per un problema alla cassa, lei accorse subito dovendo reprimere l'emozione che aveva provato ascoltando Alice. Successivamente ritornò dalle sue amiche, si sentiva in dovere di dare delle spiegazioni per come le aveva lasciate.

<< Scusate se prima, vi sono apparsa strana. >> disse Laura sedendosi accanto a Ida.

<< Ci siamo un po' preoccupate, ma alla fine abbiamo capito che avevi da dire qualcosa a quella ragazza.>>

<< Sì, infatti mi avete fatto venire voi l'idea di parlare con Alice.>>

<< Si chiama così? >> chiese Clara.

<< Sì, ed è un'allieva del maestro che ha accordato il mio pianoforte in quell'istituto. >>

<< Allora è stato interessante parlare con lei! >> osservò Clara.

<< Sì, in effetti è stato utile perché mi ha aperto il campo delle indagini. >>

Le due amiche rimasero ad ascoltare con molta attenzione.

<< È interessante sapere che il pianoforte è stato subito trasferito in un altro posto. Ora bisogna scoprire, cosa c'è in via Alessandro Manzoni, 5 >> disse Ida con fermezza.

Intanto si era fatto tardi ed era orario di chiusura, le due amiche si alzarono per andar via e Laura con le ragazze si dedicò alla sistemazione del locale.

Dopo un po' era già in macchina immersa in mille pensieri.

Arrivata a casa si fece subito una doccia per eliminare la stanchezza di quella giornata e dopo cena, come al solito, accompagnò Giulia a dormire e non appena la lasciò tranquilla nel mondo dei sogni, raggiunse Paolo che si rilassava in salotto con una buona lettura.

Laura si sedette accanto e gli raccontò tutto l'accaduto di quella giornata.

<< Ma, allora, il pianoforte ha avuto un'altra destinazione! >> disse con meraviglia.

<< Sì, e dobbiamo scoprire a chi è stato consegnato. >>

<< Sono d'accordo. Non credo sia difficile; comunque, me ne occuperò certamente domani. Non preoccuparti! >>

CAPITOLO 7

CHIARA

Ida e Clara stavano percorrendo la strada verso il villino misterioso, volevano arrivare un po' prima dell'orario di uscita dei due uomini che abitavano in quella villa, per essere sicure di trovare la ragazza da sola.

Girarono in Via Torretta che costituiva l'ultimo tratto di strada, parcheggiarono a venti metri prima della villetta e restarono in macchina per tenere sotto controllo la situazione. Dopo cinque minuti videro uscire dal cancello di quel villino una macchina e nel momento in cui passò davanti a loro riconobbero alla guida il ragazzo. Ora si aspettavano l'uscita dell'uomo più anziano, perché avendo osservato nei giorni precedenti le sue abitudini, sapevano che quello era il giorno in cui usciva per la spesa; dopo circa 10 minuti ebbero conferma: l'uomo passò davanti a loro con la sua autovettura.

<< Adesso incomincia la nostra avventura. >> disse Clara scendendo dalla macchina.

Ida la seguì ed arrivarono insieme al cancello; furono sorprese nel vedere la ragazza uscire di casa. Istintivamente le due amiche si nascosero, però continuando a sbirciare videro la ragazza scendere le scale e fermarsi in giardino ad osservare le sue piante.

Era una ragazza magra, dai capelli di un castano

chiaro, lunghi, che portava raccolti sulla nuca; indossava un paio di jeans, maglietta bianca e scarpe sportive bianche.

Evidentemente non si accorse della loro presenza perché continuò, tranquillamente, ad osservare le sue piante, eliminando foglie secche ed erbaccia che si era formata nei vasi. Nel momento in cui si stava sedendo sulla panchina che si trovava sotto un albero di ciliegio, Ida tirò Clara per poterle parlare nell'orecchio sottovoce.

<< Dobbiamo escogitare qualcosa per attirare l'attenzione! >> disse Ida tirando ancora il braccio di Clara.

<< Smettila di tirarmi così! Mi fai cadere! >>

<< Grazie! Mi hai fatto venire una splendida idea! >> disse Ida ancora sottovoce; Subito dopo, mettendosi davanti a Clara, all'improvviso cadde per terra rimanendo distesa a pancia in giù gridando per il dolore alla gamba.

Clara si spaventò e subito si prodigò ad aiutarla, ma quando vide che Ida le fece un occhiolino di nascosto, capì che stava recitando.

<< Dai grida! Fai capire che hai bisogno di aiuto! >> le suggerì Ida intercalando le parole ai lamenti che simulavano il dolore alla gamba.

<< Ida, Cosa ti è successo? Dimmi dove senti dolore? >> disse Clara gridando per attirare l'attenzione.

<< Mi fa molto male la caviglia! >> Le disse lamentandosi.

Erano riuscite nel loro intento:

<< Avete bisogno di aiuto? >> disse la ragazza aprendo il cancello. Potete sedervi qui sulla panchina, entrate pure! >>

<< Grazie, signorina! >> disse Clara sorreggendo con un braccio l'amica. << Non riesco a spiegarmi come sia potuto succedere.>>

<< Ho preso una buca che mi ha fatto perdere l'equilibrio ed ho sforzato la caviglia. >> disse Ida continuando ad avere una voce lamentosa << E pensare che oggi, approfittando di questa bella giornata di Sole avevamo voglia di farci una lunga passeggiata.>> disse Ida tenendo una mano stretta alla caviglia. << Ahi! quanto mi fa male! ...Temo che dobbiamo rinunciare: non riesco a camminare. >> e guardando la ragazza negli occhi continuò dicendo: << e pensare che passiamo spesso da queste parti, siamo innamorate di questa zona molto tranquilla dove la natura non lascia spazio allo stress. >>

<< Anche lei ha avuto il desiderio di stare un po' all'aperto, Vero? Ho notato che ama molto le piante!>> disse Clara guardando la ragazza.

<< Sì, questa passione me l'ha trasmessa mia madre, che adesso non c'è più. >> disse con nostalgia; poi, riprendendosi subito, continuò dicendo: << Oggi sono stata attratta da questo Sole mattutino che non capita spesso a Dicembre>>

Le guardò con un sorriso, e sentendo i lamenti di Ida, si alzò dicendo:

<< Vado a prenderle un po' di ghiaccio, sicuramente le farà bene! >>

Le lasciò sole in giardino e Clara approfittando del momento disse sottovoce:

<< Ida, sei stata uno spettacolo! Non credevo fossi così brava a recitare! >>

<< Mi meraviglia, invece, l'ospitalità di questa ragazza, è proprio brava! >> bisbigliò Ida.

Interruppero i loro commenti riprendendo a recitare, perché videro la ragazza arrivare con la borsa di ghiaccio che dette subito ad Ida.

<< Grazie! Lei è molto gentile! >> disse mentre sistemava il ghiaccio sulla caviglia. Poi continuò dicendo:<< Non ci siamo presentate! Io mi chiamo Ida e lei Clara. >>

<< Mi chiamo Chiara. >> disse la ragazza stringendo la mano alle due donne.

Noi siamo amiche da più di dieci anni, e pensa ci siamo conosciute in un letto di ospedale, >> disse Clara ridendo. << Da allora non ci siamo più lasciate.>>

<< Sì, sono molto convinta che la forza del destino non ha limiti e non ha protocolli; anche un cimitero può essere un luogo fantastico per un incontro formidabile! >> con questa frase risero tutti.

Ida e Clara rimasero sorprese nel vederla ridere,

<< Certo sei molto simpatica! Ed anche sorridente! Non ti immaginavamo così socievole. >>disse Clara. In tono confidenziale dandole anche del tu.

<< Perché mi sta dicendo questo? A cosa si riferisce? >> disse Chiara con un atteggiamento rispettoso continuando ancora a dare del lei.

Clara si pentì, per aver fatto quella constatazione, perché adesso si trovava in difficoltà a rispondere.

<< Dobbiamo confessarti che abbiamo assistito, involontariamente, a delle scene poco piacevoli, dove alcune persone, quasi burbere, ti hanno fatto soffrire; anzi cogliamo questa occasione per dirti che desideriamo offrirti la nostra amicizia, anche come forma di aiuto. >> disse Ida parlando seriamente.

<< Vedi, questo momento di dialogo con te ci ha reso felici, soprattutto perché ti abbiamo visto più serena e sorridente, a differenza di quei momenti in cui ti hanno fatto piangere. >> disse Clara

Queste parole scaturirono una reazione da parte della ragazza, perché immediatamente si alzò dicendo:

<< Adesso vi prego di lasciarmi da sola. Devo salutarvi e rientrare in casa. >>

Ida si alzò simulando una camminata zoppicante e mentre stava restituendo la borsa di ghiaccio, Chiara le disse:

<< Non importa, può tenerla! >>

L'espressione della ragazza ormai aveva perso quel sorriso che poco prima la illuminava.

Appena uscirono dal giardino, chiuse immediatamente il cancello e mentre rientrava in casa Ida cercava di dissuaderla parlando a voce alta.

<< Scusa se ti abbiamo ferita, non volevamo essere scortesi, forse abbiamo sbagliato, ma devi crederci da parte nostra puoi avere una pura amicizia ed anche aiuto se lo desideri! >>

<< Pensaci, Chiara! >> gridò Clara.

Ma fu tutto invano, la ragazza chiuse la porta e non apparve nemmeno dietro ai vetri della finestra. Le due amiche rimasero ancora un po' ad aspettare, sperando ancora di rivederla, ma niente.

<< Peccato! Eravamo riuscite così bene ad avvicinarla e poi abbiamo rovinato tutto! >> disse Ida mentre camminavano verso la macchina.

<< Forse ci siamo precipitate a raccontarle quello che conoscevamo della sua famiglia; dovevamo trattarla, ancora per un po' di tempo, in incognita sino a diventare sue amiche per instaurare un rapporto di fiducia e stima>> osservò Clara.

Con queste riflessioni andarono via, ma questa volta con una testardaggine maggiore di riprovarci e di voler riuscire, nel loro progetto: quella ragazza aveva bisogno di aiuto.

Dall'altra parte della città, Paolo stava parcheggiando in Via Alessandro Manzoni, proprio davanti al numero civico 5. Scese dalla macchina ed entrò nel portone che fortunatamente aveva trovato aperto; salì al terzo piano e qui c'era solo una porta, si avvicinò lentamente senza far rumore soffermandosi a leggere la targhetta dove trovò scritto: Dott. Leoncavallo Mario.

<< Ma chi sarà mai questa persona? >> si domandò.

Adesso doveva cercare di indagare per poterla contattare.

Andò via subito, ma si fermò in portineria:

<< Mi scusi può dirmi se il Dott. Mario Leoncavallo è uscito? >>

<< Sì, può trovarlo nel bar che si trova di fronte al portone. >>

<< La ringrazio! >> disse andandosene.

Entrò nel bar, ed ordinò un caffè per potersi sedere ed osservare le persone che in quel momento erano sedute lì. Girando lo sguardo intorno riconobbe subito il direttore dell'Istituto Sacro Cuore, che parlava con atteggiamento serio con una persona; Paolo riconobbe anche quest'ultima, in quanto era un avvocato molto conosciuto in Pretura.

<< Forse sarà il Direttore di quell'Istituto, la persona che abita al terso piano? >> disse tra sé.

Andò via subito ed appena si sedette in macchina, telefonò all'Istituto.

<< Buongiorno! Ufficio di segreteria dell'Istituto Sacro Cuore. Come posso esserle utile? >> rispose una voce di ragazza.

<< Vorrei parlare con il Dott. Mario Leoncavallo. >>

<< Mi dispiace, non è ancora arrivato; con chi parlo? >>

<< Non ha importanza riproverò più tardi >>

Adesso, Paolo aveva avuto la certezza: il pianoforte era stato consegnato alla casa del direttore; ora doveva scoprire il perché, spinto anche dal fatto che glielo aveva tenuto nascosto. Intanto le due amiche si fermarono da Laura per raccontarle tutto l'accaduto di quella mattina.

<< Ora sappiamo che quella ragazza si chiama Chiara. >> disse Ida, come se avesse raggiunto già un traguardo.

<< Possiamo anche dire che è una ragazza di buon animo perché è venuta subito a soccorrerci. >> osservò Clara.

<< Inoltre ha manifestato la gioia di essere in compagnia, perché con noi è stata subito sorridente. Ci ha sorpreso tanto, scoprire questo suo aspetto che non conoscevamo. >> replicò Ida

<< E allora, perché vi ha mandato via in un momento in cui volevate solo offrirle la vostra disponibilità? >> disse Laura.

<< Sicuramente abbiamo toccato il suo lato dolente: la famiglia. Evidentemente si vergogna e vuole evitare di parlarne. >> rispose Ida.

<< Sì, ma è un controsenso inviare dei segnali e poi rifiutare un aiuto, nel momento in cui una persona glielo offre. Non ti pare? >> disse Laura.

<< Dobbiamo pensare che è una ragazza molto

giovane, forse avrà venticinque anni, poi ha perso la mamma e quindi è sola, non ha nessuno che la guidi. >> disse Ida con molta comprensione.

Mentre chiacchieravano, Clara fu attratta da una persona che in quel momento stava entrando nel locale.

<< Ida! Guarda chi c'è! >> disse sottovoce.

<< Ah! Sì, è proprio lui! >> le rispose meravigliata.

<< Ma di chi state parlando? >> disse Laura con uno sguardo accigliato provocato dalla curiosità.

<< Guarda, Laura, quel signore che adesso sta pagando alla cassa, è l'uomo che tratta male Chiara. Presumiamo sia il fratello. >> disse Clara.

<< Non ci posso credere! >> esclamò Laura. << Quella è la stessa persona che insegna musica all'Istituto Sacro Cuore; ed è con lui che ho parlato del mio testamento perché è anche accordatore. >>

<< Ma guarda che coincidenza! >> rispose Clara con meraviglia.

Rimasero ad osservarlo e videro che, con tranquillità, si sedette poggiando sul tavolino un bicchiere alto contenente una bibita, subito dopo ricevette una telefonata che lo tenne impegnato per circa 5 minuti; successivamente, continuando a sorseggiare la bevanda, si guardava intorno, osservando il locale dall'alto in basso. Quando finì di bere, si alzò e si spostò nel reparto biblioteca, qui salì la scaletta che portava sul ballatoio per accedere ai libri posti più in alto e con calma girò per tutto il perimetro della biblioteca sino ad arrivare alla scaletta opposta dalla quale scese.

Le due amiche e Laura erano rimaste ancora sedute in conversazione nel reparto salotto, ma spostarono le loro sedute per poter osservare Renzo Raffi nel reparto biblioteca.

<< Guarda! Adesso si è seduto a quella scrivania >> disse Ida, notando che aprì un libro ma il suo interesse era altrove.

<< Chissà perché si guarda intorno >> osservò Laura. << Si direbbe interessato all'arredamento di questo locale. >>

<< Sì in effetti, anch'io ho notato la stessa cosa. >> affermò Clara.

Dopo un po' andò via, lasciando le tre donne con tanta perplessità; mentre commentavano il comportamento di quell'uomo squillò il telefono di Laura.

<< Scusatemi un momento! >> disse rivolgendosi alle amiche. << Dimmi Paolo, cosa c'è? >> e dall'altra parte del telefono, Paolo rispose raccontando la scoperta che aveva fatto quella mattina.

<< Allora, questo significa che il pianoforte è stato un mese a casa del direttore! >> rispose con meraviglia.

<< Sì, adesso ho intenzione di pedinarlo. >>

rispose Paolo

<< Certo! È un modo per riuscire a scoprire qualcosa in più. >> disse Laura.

Finita la conversazione con Paolo, le due amiche che avevano ascoltato la telefonata, rimasero a guardare Laura in attesa di chiarimenti.

<< Paolo mi ha appena detto che ha intenzione di pedinare il direttore di quell'istituto per riuscire a scoprire la motivazione del trasferimento a casa sua del nostro pianoforte. >> e poi guardando le amiche chiese: << Che dite, è giusto? >>

<< Certo è sorprendente una notizia del genere, anche perché non ve lo ha rivelato quando siete andati a parlare con lui. >> disse immediatamente Clara.

<< Laura, ti auguro che tu possa avere subito notizie concrete sul tuo testamento >> Disse Ida abbracciandola, e dimostrando la sua solidarietà.

CAPITOLO 8

L'AFFRONTO

Marco Crespi era un giovane di ventinove anni, laureato in architettura ed era impiegato presso lo studio associato di architetti denominato "AL.FA. S.R.L." che si trovava nella zona centrale di Cremona.

Aveva iniziato come tirocinante, per un periodo di otto mesi, durante il quale, avendo fatto emergere le sue attitudini lavorative, gli fu proposto di collaborare in quella equipe.

Marco, non esitò ad accettare e a distanza di cinque anni era riuscito a raggiungere, in quell'ufficio, una posizione di rilevante importanza. Il suo temperamento forte e determinato, aveva contribuito al successo, in quanto, pur essendo così giovane, era sempre riuscito a farsi rispettare affermando la sua professionalità e a raggiungere gli obiettivi che si prefiggeva.

Da circa due mesi aveva iniziato la convivenza con Alice, dando una svolta alla propria vita, ma, da questo cambiamento, era sorto in lui il desiderio di svolgere la sua professione in maniera autonoma. Gli mancava la disponibilità economica sufficiente per affrontare l'apertura di un nuovo studio, ma il pensiero di raggiungere tale obiettivo, non lo abbandonava, infatti ne parlava spesso con

Alice.

Quella mattina, in ufficio, seduto alla scrivania, stava lavorando su di un progetto di arredamento e ristrutturazione; era un lavoro un po' impegnativo, perché riguardava la villa di un cliente facoltoso ed esigente, ed aveva quattro giorni per presentare i suoi progetti e preventivi.

All'improvviso, quel discorso di Alice, riguardante il comportamento strano del suo maestro, affiorò nella sua mente inducendolo a delle riflessioni:

<<Penso che Alice abbia ragione; nascondere un foglio, appena si vede qualcuno, presuppone un qualcosa che non si vuol rendere noto agli altri: è abbastanza logico come discorso! >>

Dopo aver bevuto un succo di frutta che aveva sulla scrivania, riprese il suo lavoro cercando di liberare la mente da quel pensiero.

Purtroppo perdeva la concentrazione: gli affiorava sempre nella mente il pensiero che quel maestro potesse tenere nascosto un testamento.

<< Un testamento è da affiancare sempre ad un qualcosa di valore e quel maestro, per tenerlo nascosto, ne trarrà sicuramente beneficio >> sussurrò tra sé.

Quella convinzione, ormai, si era insidiata nella sua mente.

<< Basta! Oggi non riesco a lavorare! >> disse gettando la matita all'aria.

Con i gomiti sulla scrivania tenendo la testa tra le mani, sembrava un disperato.

Rimase così fermo per qualche minuto, poi istintivamente si alzò lasciando il suo lavoro aperto ed incompleto sulla scrivania.

<< Devo andare via; devo agire in qualche modo! >> disse tra sé.

Non prese la macchina, preferì camminare, così aveva modo di scaricare la tensione accumulata. Si stava dirigendo verso l'Istituto Sacro Cuore, voleva affrontare il maestro Renzo Raffi per scrutare nei suoi occhi la verità.

Erano le 10:30 quando arrivò all'istituto, appena varcata la soglia del cancello i suoi passi erano accompagnati dalla dolce musica del Notturno di Chopin op. 9 n. 2 che proveniva dall'interno e questo gli dava conferma della presenza del maestro.

All'entrata del portone non trovò nessuno; si lasciò trasportare da quella musica, cercando di capire il punto di provenienza; subito dopo, passando davanti alla prima porta che si trovava a sinistra, capì che quella doveva essere la stanza del maestro. Lentamente aprì la porta e vide un uomo che suonava.

Non essendo stato notato, la richiuse e rimase ad aspettare in corridoio.

Non appena quella musica fu terminata, bussò.

<< Avanti! >> rispose il maestro.

<< Buongiorno! È lei il maestro Raffi? >>

<< Sì, cosa desidera? >>

<< Ho bisogno di parlarle di una faccenda molto delicata e seria. >>

Il maestro con uno sguardo accigliato lo invitò a sedersi, e poi disse:<< Posso sapere chi è lei? >>

<< Non ha importanza il mio nome, è invece molto importante quello che ho da dirle. >>

<< Allora, mi dica pure! >>

Ora Marco, trovandosi faccia a faccia con il maestro, lo guardava fisso negli occhi, ma non sapeva da dove iniziare l'argomento; poi con atto di coraggio assunse un atteggiamento che mostrava sicurezza per riuscire ad intimorirlo, quindi iniziò a parlare bluffando << Se sono qui, è perché ho la certezza di quello che sto per dirle, quindi la invito a non mentire, sarebbe inutile per lei. >>

<< Non riesco a seguirla. Non può essere più esplicito? >> disse il maestro disorientato da quelle parole.

<< Qualche mese fa, mentre riparava un pianoforte, che vi arrivò qui per donazione, ha trovato sotto la tastiera, un testamento e se ne è appropriato nascondendolo gelosamente. Sono qui perché voglio quel testamento altrimenti riferirò tutto a Laura. >>

<< Ma cosa sta dicendo! Non ho trovato niente e tanto meno un testamento. >> rispose il maestro con un tono più acceso.

<< È inutile alzare la voce e stia calmo! Le ripeto che ho le prove di quello che sto affermando. >>

<< Quali sono queste prove? >> Disse il maestro

a voce alta alzandosi in piedi.

Marco alzandosi in piedi anche lui, lo afferrò dal colletto della giacca e tirandolo verso di sé disse: << Non sono tenuto a dimostrare quello che sto affermando con sicurezza. Al momento giusto, se sarà necessario, esibirò tutte le prove che la inchioderanno. >>

<< Mi lasci stare, non ha nessun diritto di trattarmi in questo modo >> rispose il maestro cercando di svincolarsi da quelle mani che gli stringevano il collo. In quel momento qualcuno bussò alla porta.

<< Adesso vado via, ma le assicuro che verrò spesso a trovarla. >>Poi lo mollò di colpo e si diresse verso la porta.

Bussarono daccapo.

<< Avanti! >> disse Renzo.

<< Maestro, potete recarvi un momento in segreteria? >>

<< Arrivo subito >> rispose licenziando quella ragazza.

Mentre Marco stava uscendo il maestro gridò:

<< Lei è un pazzo. >>

Marco si voltò e disse:

<< Non sto scherzando! E non sono nemmeno pazzo! Le consiglio di riflettere! Non mi fermerò sino a quando non mi avrà mostrato quel testamento! >> disse guardandolo con fermezza, poi avvicinandosi ancora di più continuò dicendo:

<< anzi, stia bene attento a quello che sto per

dirle: d'ora in poi ponga attenzione dove mette i suoi libri! >> Immediatamente andò via lasciando il maestro in un'enorme confusione mentale.

Mentre Marco percorreva a piedi la strada di ritorno per il suo ufficio, si domandava se il suo intervento fosse stato corretto. Non poteva essere sicuro che il maestro avesse quel testamento però faceva leva sul suo istinto che di solito non sbagliava e questo lo convinceva sempre di più di aver agito nella maniera giusta. Il fatto stesso che quella mattina fu spinto da una forza maggiore ad affrontarlo, per lui significava qualcosa. Arrivato in ufficio riprese il suo lavoro, ma si sentiva in agitazione per l'affronto che aveva sostenuto e non riusciva ancora a concentrarsi, quindi pensò di distrarsi andando a fare la spesa per poi rientrare a casa.

Alice, rimase sorpresa nel vederlo rientrare prima del solito e mentre lo aiutava a sistemare la spesa gli chiese:<< Come mai così presto oggi? >>

<< Ho impegnato tutta la mattinata a lavorare ininterrottamente su di un progetto, essendo un lavoro impegnativo, ho accusato un po' di stanchezza ed ho sentito la necessità di staccare. E tu cosa hai fatto? Hai raccontato a Laura quella scena dubbiosa del maestro? >>

<< No, ho pensato che avessi ragione tu, e ho ascoltato il tuo consiglio; però Laura si è avvicinata per farmi delle domande inerenti al

periodo in cui consegnarono il suo pianoforte all'istituto, e così le ho raccontato tutto quello che sapevo. >>

<< Non pensi più, quindi, a quella vicenda del foglio nascosto tra i libri? >>

<< Sì che ci penso! Anzi vorrei indagare; ti confesso che d'ora in poi, nei momenti propizi, mi metterò a frugare. Che ne dici? >>

<< Sì, è un'ottima idea; però fai attenzione perché potresti insospettirlo e compromettere il vostro rapporto. >>

Alice lo guardò facendogli una smorfia scherzosa e poi disse: << Non sono così stupida! >>

Lui l'afferrò con un braccio e tirandola a sé la baciò appassionatamente.

Renzo Raffi uscì dall'istituto con un'aria pensierosa: l'accaduto di quella mattina lo aveva sconvolto.

<< Ma chi sarà mai quella persona! non l'ho mai vista! E poi cosa vuol dire: ponga attenzione dove mette i suoi libri! >> Si domandava cercando di dare una spiegazione a quella frase che ormai gli tornava sempre nella mente. Si sentiva spiato, e questo lo rendeva insicuro nei comportamenti, infatti prima di mettersi in macchina, si guardò intorno e una volta seduto alla guida, il suo sguardo si posò spesso sullo specchietto retrovisore. Questo stato d'ansia gli procurò nervosismo, tanto da influire sulla capacità di guida: uscendo dal parcheggio non

si accorse dell'arrivo di una macchina e quindi andò a scontrarsi.

In un attimo si ritrovò lo sportello sinistro tutto ammaccato, lo specchietto penzolante ed il faro sinistro ridotto in mille pezzi per terra.

Istintivamente dette un pugno sul volante ed uscì dalla macchina infuriato come se volesse aggredire la persona che guidava l'altra macchina; quando si accorse che si trattava di una donna, mise a freno i suoi impulsi e si limitò solo ad offenderla; infine con l'aiuto dei vigili urbani che si trovarono in zona, dovette calmarsi e dopo aver firmato il verbale andò via.

<< Oggi è proprio una giornata nera! >> disse tra sé sbuffando.

Appena tornato a casa, Chiara stava apparecchiando la tavola e accorgendosi che Renzo entrò senza salutare, immaginò che dovesse essere di pessimo umore; poi sentì sbattere la porta della sua stanza, a quel punto non osò nemmeno chiamarlo per dirgli che era pronto da mangiare, perché sapeva che le avrebbe risposto male. Renzo dopo un po', entrò in cucina e si sedette a tavola.

<< Non hai messo ancora l'acqua ed il vino a tavola, dormigliona! >> gridò.

Chiara con molta pazienza provvide subito, ma in quei momenti tremava di paura; se avesse provato a parlargli con calma, sarebbe stato peggio.

La mattina successiva Alice aveva lezione di

pianoforte e si presentò a scuola puntualissima, il maestro arrivò dopo poco con la sua solita borsa che conteneva i libri. Mentre stavano completando la lezione, si presentò una donna insieme al figlio di 15 anni; il maestro non approvò questa intromissione e le disse subito:<< Signora, mi dispiace ma adesso non posso riceverla, sto facendo lezione; la prego di aspettare in corridoio, la chiamerò non appena avrò finito. >>

La signora con gentilezza gli rispose:

<< Mi scusi, non voglio sembrarle scortese o prepotente, ma ho il pullman che parte fra mezz'ora, quindi le chiedo, per cortesia, di poter avere un colloquio in questo momento. >>

Il maestro immedesimandosi nell'esigenza di quella donna ed apprezzando la sua gentilezza, guardò Alice e le disse:

<< Scusami, devo interrompere per un momento, arrivo subito. >>

Avvicinandosi al divano posto al centro di quella sala, invitò la signora ad accomodarsi con il figlio. Rimasero a parlare circa dieci minuti poi il maestro prese la sua agenda e li accompagnò in segreteria per effettuare l'iscrizione e fissare i giorni delle lezioni.

Non appena uscirono dalla stanza, Alice, rimasta sola approfittò subito di quel momento e velocemente aprì la borsa del maestro dove c'erano dei libri di musica, e con il batticuore ne prese uno e si mise a sfogliarlo, ma non trovò nulla; ne prese subito un altro, lo sfogliò, ma niente. Dopo si alzò per accertarsi che il maestro fosse ancora occupato e subito ritornò al suo posto prese un terzo libro e mentre lo sfogliava comparve un foglio piegato; lo aprì: si trattava di una lettera; subito saltò agli occhi la firma e la dedica:<< Ti aspetto con amore. Lisa >>. Rimase colpita e non avendo il tempo per leggerla, prese velocemente il telefonino ed in un attimo scattò la foto per memorizzarla. Intanto nella borsa c'erano ancora due libri da controllare, ne prese uno e dopo averlo sfogliato riuscì a rimetterlo a posto, ma nel momento in cui stava sfogliando l'ultimo libro entrò il maestro, fu fortunata perché dietro di lui c'era il direttore che lo chiamò e lo esortò a seguirlo. Alice con il cuore alla gola continuò a controllare l'ultimo libro dove trovò solo una ricevuta della biblioteca. Velocemente chiuse la borsa ed emanò un sospiro di sollievo per cacciare la tensione che si era procurata con quell'azione folle. Si rilassò per un attimo e mentre riprese a suonare rientrò il maestro che si sedette accanto per completare la lezione, non accorgendosi di nulla.

Quando Alice andò via, per strada pensava a quella lettera, e alla fortuna di quel momento in cui stava per essere scoperta. Rientrata a casa trovò Marco in cucina e lei frizzante di gioia, lo invitò a sedersi.

<< Marco, ho da mostrarti il risultato della mia

indagine sul maestro. >>

<< Davvero? Non mi dire che hai trovato il testamento! >>

<< No purtroppo; però ho trovato una lettera d'amore; vieni siediti accanto che la leggiamo insieme! >

Così, seduti sul divano lessero la lettera:

"Cremona, 3 Settembre. 2018
Renzo, caro amore mio ti scrivo questa lettera perché non riesco a dirti a voce quello che provo per te; da quando ci siamo guardati e mi hai preso la mano, non faccio altro che pensarti.
Aspettare il giorno della lezione, è troppo per me, non riesco a starti lontano.
Ti prego rispondimi!
Incontriamoci domani mattina al bar a colazione, per poter parlare apertamente di noi due. Spero tanto che anche tu possa provare questo sentimento, per me sarebbe una grande felicità.
Ti aspetto con amore.
     Lisa."

Alice guardò Marco e con profonda riconoscenza gli disse:

<< Marco, penso proprio che tu hai avuto ragione, forse, questo è il foglio che ho visto nascondere quel giorno, quando si accorse della mia presenza. Ti ringrazio per avermi fermata, perché avrei trasmesso a Laura dei sospetti infondati. >>

Marco guardandola le disse con un sorriso:

<< Questa è una lezione di vita: non bisogna mai agire in una maniera avventata. >>

<< Sì, anche mio padre mi ha sempre insegnato che la riflessione deve essere l'anticamera del parlare per non commettere azioni insensate. >>Si abbracciarono.

Marco però, mentre la teneva stretta tra le braccia aveva un atteggiamento spiazzato: quella lettera aveva scombinato la sua presa di posizione nei confronti del maestro. Ora non sapeva se mollare o continuare a perseguitarlo.

CAPITOLO 9

IL DIRETTORE

Erano le 8:00 di mattina quando Paolo, impaziente di incontrare il suo investigatore privato, era rimasto ad aspettarlo sul marciapiede, sotto allo stabile del suo ufficio, ma dopo 10 minuti di attesa, non vedendolo ancora arrivare, decise di salire e di aspettarlo nel suo ufficio.

L'investigatore che lui aveva convocato era Filippo Manzi; lo riteneva molto bravo perché in passato aveva collaborato con lui per una causa di difesa di un suo cliente e grazie alle prove schiaccianti che era riuscito a procurargli, Paolo ne era uscito vittorioso, chiudendo la causa con successo.

<< Buongiorno! >> disse Filippo entrando nello studio di Paolo.

<<Buongiorno! Sono lieto di vederti! >> rispose invitandolo ad accomodarsi davanti alla sua scrivania.

<<Scusa per il ritardo, ho avuto un contrattempo a casa, che mi ha costretto ad uscire più tardi. >>

<< Non preoccuparti! >> rispose Paolo con un sorriso raggiante.

<< Sono trascorsi diversi mesi, dall'ultima volta che ci siamo visti, ricordo che ci siamo salvati

all'ultima udienza>> osservò Filippo.

<< È vero! non posso dimenticare quel giorno, quando ti ho visto entrare in aula con quelle foto che abbiamo subito mostrato al giudice; avevo perso le speranze di vincere quella causa, ad un tratto quasi per magia, ne sono uscito vittorioso. Incredibile! Devo dire però, grazie al tuo aiuto.>>

<< Sì, ma devo dirti che, se sono riuscito ad aiutarti è stato grazie agli elementi che mi hai fornito, i quali mi hanno indotto sulla pista giusta. >>

<< Diciamo, allora che è stato un bel gioco di squadra... >> rispose Paolo coinvolgendolo in una risata.

Furono interrotti dalla presenza della segretaria che, gentilmente, poggiò sulla scrivania, un vassoio con due caffè.

<<Allora, perché mi hai invitato a venire qui da te? Devi affidarmi un'altra indagine?>>

<< Questa volta si tratta di una questione personale, che mi sento di affidare solo ad una persona di estrema fiducia. >>

<< Ne sono onorato! Sicuramente farò del mio meglio >> gli rispose, e dopo aver finito di bere il suo caffè, gli disse: << Ora, raccontami! >>

<< Mia moglie vorrebbe rintracciare un testamento che suo padre le ha lasciato in un pianoforte che purtroppo non ha più, in quanto volle donarlo all'Istituto Sacro Cuore di Cremona. Abbiamo già svolto una prima

indagine, interpellando le persone dirette, ma non abbiamo conseguito dei risultati. Inoltre, abbiamo scoperto che il Direttore ha tenuto a casa sua, quel pianoforte e dopo un mese lo ha fatto riportare all'Istituto. Questo avvenimento mi ha sorpreso. >>

<< Sei proprio sicuro che il testamento sia stato conservato nel pianoforte? >>

<< Mia moglie, conoscendo il padre, non ha dubbi. >>

<< Capisco! Ma sono anche convinto che la sicurezza non può essere data da una profonda conoscenza di una persona, bisogna sempre prendere in considerazione fattori esterni. >> Rispose Filippo mentre prendeva la sua agenda per annotare i dettagli.

<< Hai ragione! Ma pur avendo dei dubbi in merito, non posso abbandonare le ricerche: la scoperta della verità ci darà le risposte. >>

<< Allora da dove incominciamo? >>

Paolo, guardandolo negli occhi, con una risposta secca gli disse:

<< Dal Direttore. >> E dopo una breve pausa continuò dicendo:

<< È una persona che mi ha trasmesso dei dubbi nascondendomi quella vicenda del pianoforte a casa sua; >>

<< Quindi vorresti indagare su di lui, per sciogliere l'enigma di questo suo comportamento. >> Sottolineò Filippo.

<< Precisamente! Inoltre l'ho visto,

casualmente in un bar, che parlava animatamente con un avvocato che lavora in Pretura e questo mi ha indotto a pensare che abbia dei problemi. >>

<< Certo, potrebbe avere dei collegamenti alla storia del pianoforte. Sai come si chiama? >>

<< Mario Leoncavallo ed abita in Via Alessandro Manzoni, 5 terzo piano. >>

<< Potresti mostrarmi una sua foto? >>

<< Puoi trovarla nel sito dell'Istituto Sacro Cuore; comunque ora te la procuro. >> Rispose Paolo mentre si apprestava ad eseguire la ricerca al computer; dopo qualche minuto gli mostrò l'immagine.

<< Ok, Grazie! Potresti dirmi, nella tua indagine iniziale, chi hai contattato? >>

<< Ho interpellato, per prima, il direttore, poi a seguito delle sue indicazioni ho contattato il maestro Renzo Raffi, insegnante di pianoforte presso l'Istituto. Da questa indagine ho saputo soltanto che il pianoforte attualmente si trova in una casa di campagna, dove ci siamo anche recati, ma non abbiamo trovato niente.>>

<< Certo, le ipotesi relative al probabile possessore del testamento, possono essere diverse, ma sino a quando non riusciremo ad avere un minimo di prove concrete, resteranno solo delle ipotesi. >>

<< Adesso, Filippo, ti chiedo in qualità di amico, di impegnarti al massimo a questa indagine; devi sapere che per mia moglie è diventato un

pensiero fisso che le toglie la serenità, inoltre ogni giorno che passa sente di avere meno possibilità di arrivare alla soluzione, e questo la distrugge ancora di più. >>

<< Non preoccuparti, per fortuna in questo periodo non ho altre indagini in corso, quindi posso dedicarmi pienamente. >>

Dimostrando di accettare con entusiasmo l'incarico che gli era stato conferito, Filippo si alzò per andarsene; dopo essersi salutati amichevolmente si lasciarono dandosi appuntamento alla settimana successiva.

La mattina del giorno dopo, l'investigatore, dette inizio alla sua indagine: alle 8:00 si trovava già davanti all'abitazione del direttore Mario Leoncavallo.

Era rimasto in macchina ad aspettare che uscisse, e dopo mezz'ora lo vide attraversare la strada. Era un uomo bruno con i capelli all'indietro, molto alto, magro e dall'aspetto altezzoso; indossava un abito grigio con un cappotto antracite che portava aperto. Si recò al bar che si trovava di fronte e subito dopo, Filippo lo seguì. L'entrata del bar non era molto spaziosa, perché ci si trovava subito davanti al bancone con accanto la cassa, però proseguendo sulla destra si accedeva ad una grande sala che ospitava una ventina di tavolini. L'ambiente era molto caldo ed accogliente, con colori natalizi; tovagliette e tendine rosse con piante ornamentali di stelle di natale disposte sui davanzali delle finestre; il tutto era reso più caratteristico dalle travi di legno scuro che si trovavano a vista sotto la volta.

Appena entrò in quella sala, Filippo si guardava intorno per cercare di individuare la presenza del direttore; subito dopo lo vide che era in compagnia di un uomo molto distinto; stavano conversando tenendo basso il tono della voce, ma Filippo avendo occupato un tavolo accanto e acuendo l'udito, riusciva ad ascoltare.

<< Hai dato un'occhiata a quel documento che ti ho mostrato l'altro giorno? >> disse il direttore rivolgendosi all'amico che era seduto davanti a lui.

<< Sì, certo! Ho rilevato solo che suo padre ha voluto fare una donazione a sua figlia, ma è un po' problematico entrare in possesso del bene. >>

<< Per quale motivo? >>

<< Perché è un documento non ufficiale; è solo una dichiarazione. >>

<< Però abbiamo il vantaggio che gli altri non conoscono questo lascito.>>

<< Come fai a saperlo? >>

<< Perché qualche giorno fa sono venuti alcuni parenti a trovarmi e mi hanno fatto delle domande. Sono rimasto sorpreso nel vederli, e questo, in quel momento, mi ha creato tensione, che comunque sono riuscito a dominare; la mia disinvoltura nelle risposte, è stata predominante e naturalmente ho detto di non

sapere nulla. >>

<< Ti hanno spiegato come sono venuti a conoscenza? >>

<< Sì, casualmente hanno trovato un biglietto del padre dove era scritto che alla sua morte avrebbe lasciato qualcosa, non specificando che cosa.>>

<< Pensi che stiano ancora indagando? >>

<< Credo di sì, ma noi aspetteremo qualche mese prima di effettuare il trasferimento del possesso del bene. Cosa ne pensi? >>

<< Sì, sono d'accordo. >> gli rispose.

Successivamente, guardandosi intorno come per timore di essere ascoltato, avvicinò la sua faccia verso quella del direttore dicendo sottovoce: <<Poi, per quella faccenda come hai risolto?>>

<< Sto risolvendo, certo è un debito che devo estinguere un po' alla volta, ma sono sicuro di riuscirci. >>

<< Hai preso degli accordi? >>

<< Sì, l'altro giorno ho incontrato il mio creditore ed ho stabilito di dargli 500 euro al mese per 10 mesi, e lui ha accettato. Per fortuna si tratta solo di 5000 euro. >>

<< Se fossi riuscito in quella vendita avresti già risolto tutto. >>

<< Certo, ma non è stato possibile, alla fine ho rinunciato. >>

<< Mi dispiace che quei clienti che ti avevo procurato non abbiano accettato l'offerta. >>

<< Non preoccuparti, sto risolvendo in altri modi...Scusa adesso devo proprio andare via, si è fatto tardi >>, disse alzandosi dopo aver guardato l'orologio.

Si avviarono verso l'uscita e Filippo che aveva ascoltato tutto, li seguì. Quando uscì da quel locale li vide ancora fermi a parlare; si accese una sigaretta restando fermo non molto distante da loro, per poter riuscire ad ascoltare la loro conversazione.

<< Allora, ti saluto. Ci vediamo stasera al Royal Club, alla solita ora?>>, chiese il direttore all'amico.

<< D'accordo, al Royal Club! Buona giornata! >>, rispose l'amico allontanandosi.

Filippo seguendolo con lo sguardo vide che quest'ultimo entrò in una Peugeot grigia, invece il direttore attraversò la strada e si fermò davanti al portone di casa sua per citofonare. Dal marciapiede di fronte e con il rumore delle macchine che passavano, non riusciva a capire la conversazione, quindi attraversò per avvicinarsi ed in quel momento sentì dire:<< Vado a prendere la macchina. Fai presto! >>

Quindi si sedette in macchina ad aspettare e dopo cinque minuti vide aprirsi il cancello che si trovava accanto al portone: uscì una Mercedes grigia metallizzata ed alla guida c'era il direttore; nello stesso momento, dal portone uscì una donna dai capelli biondi ondulati non molto corti, indossava un cappotto beige, con un collo in pelliccia di volpe; salì in macchina e Filippo si accorse che il loro incontro dette inizio ad un diverbio. Continuarono a discutere animatamente per tutto il percorso sino a quando si fermarono davanti ad un Centro Estetico dove la moglie entrò, subito dopo essere scesa dalla macchina.

Il direttore proseguì il suo percorso sino ad arrivare all'Istituto Sacro Cuore e qui parcheggiò.

Filippo si fermò e con sguardo nascosto da un giornale aperto, seguiva ogni suo movimento; quando lo vide varcare la soglia della scuola, uscì dalla macchina continuando a piedi lo stesso suo percorso.

Appena varcò il cancello si trovò in un immenso giardino che circondava l'Istituto. Era curato molto bene: pur essendo inverno, le viole dai multicolori, ciclamini ed ellebori rosa e bianchi ravvivavano le aiuole, Filippo rimase colpito dalla bellezza di quel giardino, ed essendo un appassionato di piante si soffermò a guardarle, poi alzando lo sguardo vide in lontananza un giardiniere intento a potare le siepi.

Con passo tranquillo, lasciandosi trasportare dalla magia che quell'ambiente gli trasmetteva, si avvicinava verso di lui; non appena gli fu vicino rimase fermo ad osservarlo.

<< Buongiorno signore! Ha bisogno di qualcosa?>>, gli disse il giardiniere

accorgendosi della sua presenza.

<<È un piacere guardare questo meraviglioso giardino! E presumo sia merito suo! >>

<< Beh! Sono da solo ad occuparmene, diciamo che ci metto tutto il mio impegno e passione, ma tutto il resto è dato dalla natura che non finisce mai di sorprenderci. >>

<< Viene ogni giorno qui? >>

<< Sì, mi dedico 3 ore tutte le mattine.>>

<< Ma lei svolge dei lavori anche a domicilio? >>

<< Sì, certamente! >> ed estraendo dalla tasca un bigliettino, lo consegnò a Filippo dicendo: << Tenga, quando avrà bisogno potrà chiamarmi >>

<< Grazie! Quindi lei si chiama Lorenzo Ponchielli >>, gli disse leggendo il nome sul biglietto.

<< Esattamente! >>

<< Deve conoscere molto bene il direttore, perchè penso sia stato lui ad assumerla, non è vero ? >>chiese Filippo approfittando di quel momento per ottenere delle informazioni .

<< Si, è proprio cosi >> rispose prontamente Lorenzo, riprendendo a potare la siepe. << Devo dire tutto grazie a mia cugina, che lavora come collaboratrice domestica a casa sua. >> aggiunse.

<< Mi ha fatto tanto piacere parlare con lei. >> disse Filippo, contento di aver fatto quella conoscenza che gli sarebbe potuta tornare utile.<< Mi scusi se l'ho disturbata>> aggiunse

allontanandosi mentre si salutavano.

Uscendo dal cancello, rimase in quel viale alberato che si trovava di fronte alla scuola, per qualche ora, prima passeggiando, poi seduto su di una panchina dando l'impressione di essere intento alla lettura di un giornale, ma in effetti con lo sguardo teneva sotto controllo l'uscita dell'Istituto per seguire eventuali spostamenti del direttore. Non successe nulla di particolare e guardando l'orologio si accorse che era ora di pranzo, subito gli venne in mente il locale "LIBROAMICO" non solo per il servizio che offriva e per l'ambiente abbastanza piacevole, ma anche perché voleva avvicinarsi a Laura per poter ottenere delle informazioni riguardanti suo padre: lo avrebbero potuto aiutare nell'indagine che stava svolgendo.

Era mezzogiorno quando Filippo entrò nel locale, non c'era molta gente e girando lo sguardo verso la saletta ristorante, vide Laura con un vassoio in mano sedersi ad un tavolo. Si avvicinò alla cassa dove trovò Milena ad accoglierlo con un sorriso e subito dopo si diresse verso il banco per ritirare la sua ordinazione. Con il suo vassoio si avvicinò a Laura:<< La disturbo se mi siedo qui al suo tavolo? >>

<< No di certo, Sig. Manzi! >>, gli rispose con un sorriso, pur non condividendo quella scelta: la presenza di quell'uomo non la faceva sentire a proprio agio.

<< Anche lei polenta al ragù? >>, le disse giusto per iniziare un discorso.

<< Sì, è stato sempre uno dei miei piatti preferiti >>, rispose Laura, provando ancora un certo imbarazzo.

<< Anche per me; quando viveva mia madre me la preparava spesso perché sapeva di farmi contento.>>

<< Da quanto tempo ha perso sua madre? >>

<< Sono già passati 8 anni, ma per me il suo ricordo è così vivo e presente quotidianamente, che non mi sembra sia passato tanto tempo. >>

<< Ci credo. Sto vivendo anch'io la stessa sensazione. >>

<< Da quanti anni ha perso sua madre? >>

<< Per quanto riguarda mia madre provo una sensazione diversa dalla sua, perché è morta quando avevo 10 anni: ero una bambina e quindi ho ricordi legati all'infanzia. Non è stato così per mio padre che invece è venuto a mancare solo da due anni. >>

<< Quindi non si tratta solo di ricordi, ma anche di un dolore che non è riuscita ancora a metabolizzare.>>

<< Precisamente! >>, rispose Laura colpita da quella osservazione che racchiudeva una profonda sensibilità. Quello sguardo profondo che prima le trasmetteva mistero e diffidenza si stava rivelando ricco di tenerezza e sentimenti.

<< La comprendo pienamente >>, le rispose continuando a consumare il pranzo. Dopo una

breve pausa, guardandola negli occhi le chiese: << Se dovesse descrivere suo padre cosa direbbe? >>

<< Per prima cosa direi che era una persona molto paziente e comprensiva e quindi mi trasmetteva sicuramente tranquillità. E' stato un chirurgo molto stimato, primario dell'ospedale di Cremona, ma la sua professione non gli ha impedito di starmi accanto regalandomi le sue attenzioni e quindi mi ha trasmesso tanto amore, e questo mi ha insegnato a considerare i sentimenti, il motore della vita. Inoltre amava molto la lettura e la musica e questo è il tesoro che sento di possedere.>>

<< Devo dedurre che suo padre è stata una persona eccezionale, e mi complimento con lei perché è ricca di valori. >>

<< La ringrazio >>, si limitò a rispondere Laura, abbassando lo sguardo per l'imbarazzo che quei complimenti le avevano suscitato.

<< Certo, i genitori lasciano sempre la loro impronta, nelle nostre azioni, nel nostro modo di essere. Sia nel bene che nel male. >>

<< Sono pienamente d'accordo! Anche se poi spetta a noi migliorare quello che di sbagliato possono trasmetterci e a trovare il lato buono dei loro difetti. >>

<< Giusto! Per esempio mia madre era una persona molto istruita che amava la lettura e mi ha trasmesso la passione per lo studio; però ha

avuto anche i suoi difetti come per esempio quello di non rendermi partecipe ai suoi problemi. Sono stato sempre io, da solo, a scoprire le sue preoccupazioni. Era una forma di segretezza, la sua. >>

<< Anch'io potrei dire la stessa cosa di mio padre; forse l'unico difetto che posso attribuirgli è proprio la segretezza, purtroppo l'ho scoperto dopo la sua morte. Però ho riflettuto tanto su questo suo aspetto che in vita non mi aveva mai rivelato e credo che non si sia trattato di diffidenza nei miei confronti; sono convinta che, aver avuto in serbo dei segreti, sia stato per lui un qualcosa di affascinante. >>

<< Bella considerazione! >>, esclamò Filippo provando interesse in quella conversazione.

<< Gradisce un po' di vino? >>, Le chiese appoggiando la bottiglia al suo bicchiere.

<< No, grazie! Preferisco bere solo acqua quando sono a lavoro perché mi fa venire sonnolenza. >>

<< Ritornando al di scorso di prima, devo dire che condivido la sua ipotesi. Quando sono da solo e mi capita di ricordare alcuni avvenimenti che mi hanno lasciato emozioni, che non ho mai rivelato a nessuno, oppure quando guardo degli oggetti che solo io so a quale ricordo mi legano, non posso nascondere di provare un piacere indescrivibile. È come rifugiarsi in un posto dove nessuno può trovarti e ti senti veramente te stesso con la libertà di vivere quei

momenti senza condizionamenti e paure; quindi penso indubbiamente che tutto questo abbia il suo fascino. >>

<< Devo ammettere, dopo questa sua spiegazione così analitica, che lei è una persona molto profonda e attribuendo quella segretezza di mio padre al fascino che gli trasmetteva, alla fine forse, non devo nemmeno considerarlo un difetto.>>, a questo punto, Filippo la guardò e scoppiò a ridere.

<< Mi scusi se sono stato preso da questa risata, ma ha notato come una situazione può cambiare guardandola da prospettive diverse? >>, disse mentre si asciugava gli occhi lacrimanti dal forte ridere.

<< Quello che prima le sembrava un difetto di suo padre, adesso lo considera quasi un pregio, perché non è da tutti ricercare la felicità nelle emozioni così profonde. >>

<< Ha proprio ragione >>, gli rispose accompagnandolo nella risata.

Laura rimase sorpresa per come stava trascorrendo quel momento insieme a quell'uomo; non si sarebbe mai aspettata doversi divertire così tanto.

<< Posso farle una domanda indiscreta? >>, le chiese dopo essersi ricomposto in un atteggiamento più serio.

<< Dica pure >>, rispose Laura incuriosita dalla domanda che stava per farle.

<< Lei prima ha affermato che questo "difetto"

di suo padre l'ha scoperto dopo la sua morte; è successo un avvenimento in particolare, che l'ha indotta a scoprire questo suo lato segreto? >>

<< Sì, ma questa è una storia lunga, forse un giorno gliela racconterò, ma adesso devo interrompere questa conversazione che devo dire è stata piacevole: il lavoro mi chiama. Le porto un caffè?>>

<< Sì, grazie! È stato anche per me un piacere, spero di poter riavere la possibilità di parlare con lei. >>

Laura si alzò, preferì non rispondere in merito alla sua speranza, voleva evitare fraintendimenti che in genere possono sorgere quando si crea un rapporto più confidenziale. Aveva in mente di mantenere un certo distacco da quell'uomo anche se l'aveva divertita e si era rivelato diverso da quello che a lei appariva; quindi si limitò a salutarlo e si allontanò.

Poco dopo l'investigatore lasciò il locale di Laura e si recò nei pressi dell'Istituto Sacro Cuore, dove si accorse subito che la macchina del direttore non era più parcheggiata in quel luogo. Rimase seduto alla panchina per pensare come organizzare la serata al Royal Club.

Per accedere in questo locale bisognava essere muniti di tessera e quindi ne erano in possesso solo gli iscritti al Club; però ogni socio aveva diritto di dare la possibilità di accesso ad una sola persona non iscritta, di sua conoscenza. Si ricordò della sua amica Sara Frangi: una sua vecchia fiamma, socia del Royal Club. Una storia durata un anno tra alti e bassi. Lei avrebbe desiderato sposarlo anche perché era molto innamorata di lui, non si può dire lo stesso per Filippo il quale la considerava solo di buona compagnia e nient'altro in quanto non si sentiva innamorato di lei. Questo contrasto fu la causa principale della loro rottura. Ora, a distanza di due anni, Filippo le stava telefonando.

<< Ciao, Filippo! Come stai? Non mi sarei mai aspettata questa chiamata! >>, gli rispose con voce cantilenante inconfondibile.

<< Stavo pensando a te, ed ho voluto chiamarti. Ti fa piacere? >>

<< Certo! Anche se mi hai fatto soffrire, sentire la tua voce mi accarezza il cuore >>, Rispose lei con voce nostalgica.

<<Grazie! Sei molto cara. Che ne dici di incontrarci e trascorrere una serata insieme? >>, chiese Filippo sperando che accettasse.

<< Sì, mi farebbe tanto piacere vederti >>, rispose subito lei, felice per quella proposta.

<< Avevi qualcosa in programma per stasera? >> chiese Filippo.

<< Il mio solito appuntamento al "Royal Club", se vuoi, posso usufruire, con la mia tessera, di un accompagnatore.>>

<< Ti ringrazio, sei gentilissima. >>

<< Inoltre, se hai voglia di cenare, te lo consiglio,

in quanto preparano delle pietanze eccellenti>>

<< Perfetto! Allora passo a prenderti alle 19:30 da casa tua. >>

Puntualissimo, quella sera, Filippo era lì davanti alla abitazione di Sara.

Dopo pochi minuti di attesa la vide uscire dal lussuoso portone di quello stabile. Era una donna molto magra, bruna con capelli un po' lunghi lisci. Indossava un cappotto in visone e camminava in maniera disinvolta pur avendo tacchi a spillo.

Lui le andò incontro e portandola sottobraccio le aprì lo sportello del suo BMW Serie 3 nero.

Filippo sedendosi alla guida fu inebriato dal suo profumo che si era diffuso nell'abitacolo tanto da perdere il controllo e senza pensarci due volte la baciò appassionatamente.

Lei sorpresa da quel gesto, non reagì, anzi contraccambiò quel bacio provando un forte formicolio nello stomaco ed un'emozione indescrivibile sentendosi stretta tra le sue braccia.

Subito dopo fissando il suo sguardo nei suoi occhi gli disse:

<< No, Filippo, non voglio cadere nella tua trappola e soffrire ancora. Perdonami! Voglio trattarti solo come amico. >>

<< Sì, hai ragione. Perdonami! Non ho resistito al tuo fascino. >>

Si avviarono per il "Royal Club" dopo pochi minuti entrarono nel locale.

L'ambiente era poco illuminato, c'era una moquette rossa e pareti tappezzate in damasco su fondo beige con effetto dorato. C'era un grande bancone bar ad angolo che si proiettava verso sinistra nella sala ristorante e verso destra nella sala bar per aperitivi e cocktail. Poi proseguendo oltre la sala aperitivi, si sviluppava una grandiosa sala discoteca, che era arredata con divanetti rossi perimetrali e tavolini quadrati in acciaio lucido. Si diressero verso la sala ristorante, occupando un tavolo in fondo alla sala nell'angolo sinistro. Filippo si sedette cercando di avere sotto controllo la visibilità della porta d'entrata.

Furono accolti da un cameriere che non tardò a versare nei calici un prosecco molto fresco, dopo aver posto i menù sul loro tavolo. Filippo, mentre sceglieva la sua pietanza preferita, osservava la gente che entrava.

<< Non mi sembra vero essere qui con te, stasera.>> confessò Sara mentre sorseggiava il prosecco, <<E devo dirti che mi rende felice.>>

<< Di solito viviamo la vita dando per scontato tutto quello che facciamo o che riceviamo, e credo sia questo l'elemento che ci crea monotonia e insoddisfazione>>, osservò Filippo.

<< Sì, in effetti gli avvenimenti belli inaspettati sono quelli che ci rendono più felici. >>

<< E sai perché? >>, chiese Filippo prendendole la mano tre le sue << Perché c'è stata la sorpresa, che non ti ha permesso di dare per scontato

questo incontro>>, continuò.

<< Ho l'impressione che mi stai dando lezioni di vita! >>, gli rispose in senso ironico.

In quel momento, Filippo volse la sua attenzione verso un gruppo di persone che stava entrando nel locale; purtroppo la persona di suo interesse non c'era, e questo iniziava a preoccuparlo.

La serata continuò tranquillamente con la cena.

<< Devo ammettere che hai avuto ragione nel considerare questo ristorante tra i migliori.>>

<< Mi fa piacere non averti deluso >>, gli rispose Sara mentre gustava il dessert. << Che ne dici di passare ancora del tempo, insieme, nella sala Bar?>>

Filippo accettò subito perché voleva assolutamente indagare, in quel luogo, per scoprire dove fosse finito il direttore, in quanto non era riuscito ancora ad incontrarlo.

Arrivati nella sala Bar, Sara incontrò alcuni suoi amici che presentò a Filippo e quest'ultimo, dopo i soliti convenevoli di presentazione, approfittò del momento per allontanarsi da Sara, dicendole di recarsi alla toilette. Si inoltrò nel locale attraversando la discoteca e qui, in fondo a sinistra, notò una porta dove era scritto "Privato"; incuriosito entrò richiudendola subito. Si trovò in una anticamera dove frontalmente, nascoste da un tendone rosso, c'erano ancora due porte, avvicinandosi sentiva delle voci e dalle parole capì che si trattava di un ritrovo di gioco d'azzardo. Subito uscì da quella anticamera e per qualche minuto pose la sua attenzione sugli spostamenti dei camerieri.

Mentre pensava come agire per poter entrare in quelle salette che aveva appena scoperto, si accorse che c'erano ancora tre porte di fronte a quella che aveva appena esplorato: due riguardavano la toilette uomini e donne, la terza scoprì che era adibita agli armadietti dei camerieri. Provò ad aprirli, e dopo vari tentativi, con molta sorpresa, uno si aprì: evidentemente non era stato chiuso a chiave.

Qui trovò una divisa da cameriere e non esitò ad indossarla, indossò anche dei baffi finti che portava sempre in tasca; uscì da quella camera confondendosi tra i camerieri.

Il locale poco illuminato lo aiutava a camuffarsi ed avvicinandosi al banco Bar trasmise una ordinazione che gli fu subito preparata, ora era tutto perfetto: assumendo lo stesso atteggiamento dei camerieri nel modo in cui portavano il vassoio e adeguandosi anche al loro ritmo veloce, si avventurò verso quella camera di ritrovo per il gioco.

Aprì con disinvoltura una di quelle due salette; la stanza era annebbiata dal fumo di sigarette, c'erano 4 tavoli verdi occupati da 4 persone per ogni tavolo; nell'aria c'era molta tensione che non si accorsero nemmeno della sua presenza. Filippo fu soddisfatto perché qui finalmente vide il direttore che maneggiava banconote da

50 e da 100 euro. La sua indagine ora aveva un altro tassello: il direttore giocava d'azzardo e questo vizio molto spesso porta a vivere problemi economici.

Lasciò il vassoio su di un tavolo e si affrettò ad andare via per rivestirsi e raggiungere Sara.

CAPITOLO 10

L'INCONTRO

Mancavano solo cinque giorni alla Vigilia di Natale, la festa che risveglia i cuori e diffonde nell'aria un'atmosfera magica. La gente era presa dai preparativi ed era un continuo movimento tra luci, colori ed addobbi i quali trasformavano l'ambiente in una maniera tale da farlo apparire quasi surreale.

Ida e Clara erano appena uscite dal centro commerciale e si dirigevano verso la loro macchina nella zona parcheggio.

<< Clara, mi è venuta in mente un'idea, che ne dici di pensare un regalino anche per Chiara?>>, disse Ida mentre sistemava i vari pacchi regalo in macchina sul sedile posteriore.

<< Ma come ti viene in mente un'idea del genere!>>, le rispose scoppiando in una risata. E poi continuò dicendo: <<Pensando come ci siamo lasciati l'ultima volta non credo sia un'ottima idea.>>

<< Ricordo perfettamente!.......e quindi, come possiamo dimostrarle la nostra vera disponibilità? >>

<< Non certo, con un regalo >>, insistette continuando a ridere.

<< Continui ancora a ridere? .... È stata solo un'idea la mia, oltretutto anche a fin di bene.>>

<< Scusami, ma mi sono immaginata la

reazione di Chiara vedendoci con un pacco regalo.>>

Le rispose mentre sedeva al posto di guida.

<< E quindi cosa proponi? >>, rispose Ida con molta determinazione.

<< Sicuramente dobbiamo pensare ad un espediente per avere la possibilità di riavvicinarla e naturalmente dobbiamo parlarle con molta cautela.>>, le rispose dopo un attimo di riflessione riassumendo un atteggiamento serio.

<< Mi è venuto in mente che abbiamo la sua borsa per il ghiaccio, possiamo presentarci per restituirgliela, che ne dici, può essere un valido espediente? >>

<< Questa volta hai avuto un'idea eccellente. >>

<< Oh, grazie per l'approvazione! >>, le rispose in tono ironico. <<Certo, non ti avrei permesso di ridere ancora su di me! >>, disse accennando ad un sorriso.

Le due amiche erano un po' stanche per la mattinata trascorsa in mezzo a tanta gente che brulicava nei negozi e così si fermarono da Laura per un pranzo veloce, per poter passare un po' di tempo in salotto sorseggiando un tè e parlando serenamente.

Il locale "LIBROAMICO" era spettacolare come addobbi: c'era un gigantesco albero di Natale che dominava nella zona libreria ed era addobbato solo con serie di luci bianche che cadevano dall'apice sino alla base e che gli conferivano un aspetto innevato; il tutto era completato da altrettante serie di luci bianche che cadevano dalla volta con un gioco di intermittenza molto dolce e delicato tanto da sembrare fiocchi di neve. Dei nastri argentati, abbelliti da fiocchi blu vellutati, giravano intorno alle colonne a spirale. Sul lato opposto a quello della cassa, in un angolo tranquillo, era stato realizzato un presepe dove la grotta di Gesù Bambino, posta al centro, dominava il paesaggio che era stato curato nei particolari: c'erano cascatine, ruscelli con movimento d'acqua e statuine, il tutto era stato costruito su massi di pietra che conferivano un aspetto realistico.

Tutto il personale era molto impegnato per l'affluenza della gente che, oltre a fermarsi per la consumazione, prenotava dei cesti regalo dove Laura suggeriva anche l'inserimento di qualche libro che aveva predisposto per la vendita.

<< Ciao Laura! >>, disse Ida avvicinandosi alla cassa.

<< Ciao, vi fermate a pranzo? >>, Le rispose frettolosamente mentre incartava un libro come pacco regalo.

<< Sì, oggi siamo stanchissime abbiamo bisogno di rilassarci un po' >>, disse Ida.

<< Mi dispiace non poter trascorrere un po' di tempo con voi>>, le rispose mentre registrava la loro ordinazione.

Salutandola con un sorriso amichevole si allontanarono lasciandole proseguire il suo lavoro.

Mentre occupavano un tavolino per la consumazione del pranzo, Ida con uno sguardo fisso che esprimeva grande stupore esclamò:

<< Clara! Guarda quella ragazza intenta ad osservare il presepe! Ho l'impressione che sia Chiara, che te ne pare? >>

<< Forse hai ragione, ma vedendola di spalle non posso essere certa>>, le rispose Clara continuando a guardare in quella direzione.

<< Avviciniamoci! >> rispose Ida tirandola per il braccio.

La ragazza era da sola, assorta nei pensieri trasportata da quel meraviglioso paesaggio, ed era, forse, in un momento di preghiera.

<< Chiara! >>, disse Ida non appena le fu vicino.

Di scatto la ragazza si girò e subito riconobbe le due donne.

<< Cosa volete ancora da me?... Lasciatemi in pace! >>, rispose con tono aspro guardandole negli occhi.

<< Ci dispiace per come ci siamo lasciate l'ultima volta >>, le rispose Ida.

<< Non vi conosco e l'idea che mi abbiate spiata mi irrita terribilmente.>>

<< Hai ragione, forse proprio perché non ci conosci hai interpretato male il nostro comportamento >>, disse Clara.

<<Ritengo, invece, di avervi conosciuto

abbastanza per capire che siete solo delle ficcanasi >>, disse con disprezzo voltando loro le spalle.

<< Chiara! >> disse Clara dolcemente << ti assicuro che stai sbagliando di grosso: il nostro interessamento è stato a fin di bene >>

La ragazza ironicamente scoppiò a ridere.

<< Adesso volete convincermi che è stato a fin di bene? >>, disse continuando con quella risata ironica.

All'improvviso la sua espressione divenne molto seria, con uno sguardo spento che racchiudeva tutta la sua sofferenza.

<< Non fa certo piacere venire a conoscenza che i maltrattamenti di mio padre e di mio fratello siano sulla bocca di tutti! >> disse con tono basso, per non attirare l'attenzione nel locale, ma con gli occhi sbarrati e pieni di rabbia.

Ida e Clara non si aspettavano quella reazione così forte e con pazienza cercavano di calmarla, ma ogni parola che dicevano veniva sempre contrariata da quella ragazza che ormai aveva assunto un atteggiamento ostile.

<< Devi calmarti, non vogliamo farti del male! >>, disse Clara ancora con tono dolce per cercare di tranquillizzarla.

<< Adesso lasciatemi in pace! >> rispose con tono deciso.

Mentre stava per allontanarsi, Ida fu presa da uno scatto d'ira, adesso pretendeva di essere ascoltata; non riteneva giusto il comportamento di quella ragazza che sembrava indifesa, ma quella rabbia che portava dentro faceva emergere il suo lato forte e nutriva la sua diffidenza verso gli altri. Con grande decisione e forza, Ida la seguì e l'afferrò per il braccio.

<< Adesso devi ascoltarmi... La torcia: ti ricorda qualcosa questa parola? >>

Sul volto della ragazza fu evidente la reazione: rimase ferma e sbigottita.

<<Non capisco, non so a cosa ti riferisci >>, rispose cercando di nascondere l'imbarazzo che provava.

<< Chiara, non fingere! >>, disse Ida con determinazione.

<< Se ci stiamo interessando a te è per via di quei segnali che puntualmente ogni sera invii con la tua torcia e per giunta sono segnali di aiuto. >>

Ascoltando quelle parole, rimase immobile con uno sguardo smarrito; le si arrossarono le guance per la vergogna che provava, ma allo stesso tempo era sorpresa perché finalmente era riuscita nel suo intento: attirare l'attenzione. Erano mesi che viveva aggrappata a quei segnali che emanavano un grido di aiuto e che per lei costituivano l'unica speranza di incontrare qualcuno che l'aiutasse ad uscire da quella triste realtà.

<< Come avete fatto a scoprirlo? >> rispose con diffidenza.

<< La storia è lunga, possiamo raccontartela,

ma che ne dici di fermarti a pranzo con noi? >>, disse Clara con voce pacata.

<< Non so, non ho molto tempo, devo tornare subito a casa. >> rispose mantenendo un atteggiamento distaccato.

<< Dai, fermati un po' con noi, non preoccuparti per il ritorno a casa! Ti accompagneremo con la nostra macchina >>, esclamò Clara comprendendo la difficoltà di quel momento per Chiara ad accettare subito la loro compagnia, considerando il fatto che sino a qualche minuto prima le aveva disprezzate e respinte in malo modo.

Mentre Clara si allontanò per ordinare il pranzo per Chiara, Ida seduta al tavolino incominciò a raccontare tutto.

<< Circa tre mesi fa, una nostra amica, passando dalla strada principale che fiancheggia la tua casa, fu colpita da una luce intermittente che proveniva da lontano, in un primo momento non ha dato importanza, ma dovendo percorrere la stessa strada tutte le sere era perseguitata da questo avvenimento strano, tanto da confidarlo a noi. Successivamente, spinta da un nostro consiglio, ha posto attenzione ed ha verificato che si trattava di un segnale di aiuto.>>

Chiara seguiva il racconto con molto stupore ed interesse era evidente dall'espressione del suo volto che aspettava quel momento da tanto tempo.

<< A questo punto si è accesa la nostra curiosità ed anche preoccupazione verso quella persona misteriosa che persistentemente imponeva la sua presenza. Così abbiamo deciso di indagare. Nascoste dietro ai cespugli nei pressi della tua abitazione, cercavamo di scoprire qualcosa, ma la nostra non era una semplice curiosità: eravamo spinte dal pensiero che in quella casa ci fosse qualcuno bisognoso di aiuto; quindi frequentando quel posto assiduamente, ci siamo trovati ad assistere, involontariamente, a scene burrascose; quando poi abbiamo scoperto che eri tu la vittima, abbiamo sentito maggiormente il dovere di aiutarti: non potevamo lasciarti sola ed indifesa. Il nostro obiettivo ormai, era quello di avvicinarti per trasmetterti che avevi qualcuno su cui contare. >>

Ida fu interrotta dalla presenza di Clara che porgeva i vassoi con il pranzo sul tavolo.

<< Continua! >>, disse Chiara mostrando molto interesse a quel racconto.

<< Ed eravamo felici per esserci riuscite! >>, disse Clara intervenendo nel discorso di Ida.

<< Ma per colpa di una parola detta in più nel momento sbagliato, abbiamo incrinato il rapporto ancor prima che nascesse! >>, continuò Ida prontamente.

<<Però, il caso ha voluto che ci incontrassimo ed eccoci qui finalmente a chiarirci>>, disse Clara allegramente cercando di creare un po' di

brio e poi, con un sorriso, guardando Chiara le chiese:

<< Ora che conosci tutta la storia che opinione hai di noi? >>

La ragazza ebbe un attimo di riflessione, rimase in silenzio, in un atteggiamento disorientato ed alla fine alzando lo sguardo verso Clara, disse:

<< Riconosco di aver agito d'impulso, arrivando a conclusioni affrettate, anche perché non vi conosco e quindi non posso permettermi di giudicarvi, ma questo non esclude il fatto che mi abbiate recato disagio e sofferenza. >>

<< Ci dispiace tantissimo! >>, disse Clara. << Non era nelle nostre intenzioni >>

<< Chiara, scusa la mia indiscrezione: perché inviavi insistentemente quei messaggi? >>, chiese Ida inducendo la ragazza ad aprirsi verso di loro.

La ragazza abbassò lo sguardo provando un po' di imbarazzo, non si sentiva pronta a confidare le proprie azioni, però dopo un attimo di riflessione si rese conto che era stata lei stessa ad attirare la loro attenzione e quindi era giusto e meritevole dare una risposta.

<< Una sera, dopo aver litigato con mio fratello, mi rinchiusi in camera mia pervasa da una grande solitudine e tristezza. Fu un momento in cui sentii in modo particolare l'assenza di mia madre. Così per sentirla vicina, presi la scatola che conteneva i suoi ricordi e sfogliando le sue foto mi accorsi di una torcia che non

ricordavo nemmeno di averla; la utilizzava mia madre quando andava giù in cantina, fui felice di stringerla tra le mani sentivo di stringere le sue; trovai le pile conservate da parte, le inserii e subito dopo provai ad accenderla: funzionava perfettamente. >>

A questo punto, Chiara si fermò dimostrando una certa riluttanza nel voler continuare il racconto: aveva tra le mani un tovagliolo di carta che piegava e ripiegava. Dopo una breve pausa fece un lungo respiro per darsi coraggio e riprese, con voce sottile:

<< In quel momento sentii la torcia come un mezzo di comunicazione e dentro di me scattò una molla: il desiderio di esternare la mia sofferenza. Volevo, in qualche modo combattere quella nostalgia che mi dominava e così mi avvicinai alla finestra e composi con l'intermittenza della luce, un segnale di SOS. Quest'azione influiva beneficamente sul mio stato d'animo, era come un grido di aiuto verso il mondo che mi circondava, con la possibilità di catturare l'attenzione di qualcuno disposto ad offrirmi aiuto. >>

<<È proprio quello che noi vogliamo darti! >>, intervenne Ida prontamente.

<< Da quella sera ho vissuto con questa speranza che alleviava la mia sofferenza e mi aiutava a fantasticare >>, confessò ancora Chiara.

Le si riempirono gli occhi di lacrime e per

nascondere la sua emozione, abbassò lo sguardo.
<< Ma adesso vivi solo con tuo fratello e tuo padre? >>, le chiese Clara.

La ragazza sentiva un nodo alla gola e rispose affermando con un gesto della testa.

<< Comunque hai tuo padre che può sempre proteggerti e ti vorrà sicuramente bene. >>, disse Clara per incoraggiarla.

Con un colpo di tosse, la ragazza mandò giù quel nodo alla gola, alzò subito lo sguardo con forza di volontà per combattere quel momento di debolezza: non voleva essere compatita. Con un sorriso stampato rispose:

<< Certo, un padre dovrebbe essere così! >>

<< Cosa vuoi dire con questo? >>, chiese Clara.

Chiara cercò di sviare il discorso: non voleva evidenziare anche il comportamento poco genitoriale del padre.

<< Perché non mi avete raccontato subito che siete arrivate a me per via di quei segnali? >>

<< Chiara, devi comprendere la nostra difficoltà: non sapevamo come comportarci nei tuoi confronti, avevamo paura di sbagliare e questo timore ci ha trattenuto ad uscire allo scoperto>>, spiegò Clara.

<< Il nostro proposito era quello di creare, per prima, un rapporto di fiducia ed in seguito ti avremmo raccontato tutto >>, continuò Ida.

<< Perdonatemi se non riesco ancora a trattarvi con completa fiducia. Ho bisogno di tempo! >>, disse Chiara guardando l'orologio che aveva al

polso.

All'improvviso fu presa dal panico e sobbalzando dalla sedia esclamò: << È tardi, devo tornare a casa, tra meno di mezz'ora mio fratello rientrerà; sono uscita di nascosto e non deve accorgersi di nulla. >>

Le due amiche si alzarono immediatamente da tavola, pronte per accompagnarla, Ida salutò Laura con un gesto della mano.

Durante il percorso passarono davanti all'Istituto Sacro Cuore e Chiara si rincuorò vedendo la macchina del fratello ancora parcheggiata lì.

<< Sono fortunata, mio fratello è ancora a lavoro. >>

<< E tuo padre dov'è? >>, le chiese Clara.

<< Oggi si trova a Milano, tornerà stasera. >>

<< Che lavoro svolge?>>, le chiese ancora Clara,

<<Lavora presso un ingrosso di prodotti alimentari. >>

La ragazza ora, era più tranquilla, ma restava sempre in un atteggiamento distaccato. Si scambiarono il numero di telefono, e questo preannunciava la possibilità di incontrarsi successivamente.

Arrivate al cancello della sua abitazione, Ida e Clara scesero dalla macchina per salutarla;

<< Datemi del tempo devo abituarmi a questa nuova realtà! >>, disse Chiara accennando un sorriso.

<< Ciao, Chiara, ci rivedremo a presto, contiamo

sul tuo aiuto per approfittare di un altro momento propizio che ci consenta di trascorrere un po' di tempo insieme in tranquillità>>, e poi dopo una breve pausa, con uno sguardo sereno e rassicurante continuò dicendo: << Hai tutto il tempo che vuoi >>.

Chiara rispose con un cenno del capo come per affermare che era disposta ad un altro incontro e poi disse: << Grazie! >>

Entrò nel suo giardino e agitando la mano in segno di saluto, chiuse il cancello.

Anche se apparentemente dimostrava freddezza, in cuor suo provava una immensa gioia per essere riuscita ad attirare, con il suo stratagemma, l'attenzione di quelle due donne che le offrivano la loro disponibilità.

<< Non posso crederci! >>, disse Ida durante il percorso di ritorno, in macchina.

<< L'incontro di oggi con Chiara sembra quasi mandato dal cielo! >>, esclamò Clara sorridendo.

<< È vero! Non vedo l'ora di raccontare tutto l'accaduto a Laura >>, le rispose Ida con soddisfazione per aver finalmente avvicinato a loro quella ragazza misteriosa.

Quella sera Chiara, quando si chiuse nella sua camera per andare a letto, prese la torcia e chiudendo gli occhi, la strinse tra le mani pensando alla mamma. Poi la accese, ma immediatamente la spense e la ripose nella scatola.

CAPITOLO 11

LA PRIMA INDAGINE

Filippo Manzi svolgeva il suo lavoro di investigatore con molta dedizione e passione: era l'unica risorsa che rendeva la sua vita impegnata e attiva. Sua moglie lo aveva lasciato solo dopo cinque anni di matrimonio per amore di un altro uomo. Era stato molto innamorato di lei e quella separazione così inaspettata per lui e oltretutto a causa di un tradimento, lo aveva lasciato in una profonda delusione della vita. Erano passati, ormai quattro anni dalla fine del suo matrimonio, ma pur avendo frequentato altre donne, non era più riuscito a provare sentimenti profondi e quindi queste relazioni finivano per essere soltanto delle avventure.

Aveva sempre desiderato avere dei figli, ma purtroppo sua moglie non gli aveva concesso questa gioia perché non propensa alla formazione di una famiglia ed al sacrificio che ne conseguiva.

Filippo aveva solo un fratello che viveva a Berlino con il quale aveva un rapporto molto affettuoso e confidenziale. I due fratelli pur sentendosi spesso telefonicamente, si incontravano raramente, quindi Filippo conviveva con la sua solitudine cercando di combatterla con delle abitudini quotidiane.

Abitava in un palazzo condominiale al quinto ed ultimo piano dove era molto rispettato e stimato da tutti. Ogni mattina, la sua collaboratrice domestica, si recava da lui, un paio di ore, per prendersi cura della casa e questo contribuiva a rendere il suo ambiente abbastanza tranquillo, dove regnava l'ordine e la pulizia.

Quella sera erano circa le 21:00 quando fece rientro a casa; si diresse nel suo studio dove poggiò sulla scrivania la sua agenda degli appunti e come era solito fare azionò lo stereo per creare un sottofondo musicale che diffondendosi in tutte le camere contrastava quel silenzio assoluto che ogni sera lo accoglieva in casa e che, naturalmente, lo angosciava.

Amava molto la musica classica sia orchestrale che al pianoforte e quella sera scelse "Le Quattro Stagioni" di Vivaldi e accompagnato dalle note dell'Inverno fece una doccia calda per scrollarsi la stanchezza che aveva accumulato durante la giornata.

Si recò nel suo studio in pigiama e vestaglia e seduto comodamente sul divano rosso che era situato sulla parete opposta a quella della scrivania, si soffermò a pensare come continuare l'indagine che aveva in corso, sorseggiando il suo solito whisky.

<< Certo, adesso, essendo a conoscenza di alcuni aspetti della vita privata del Sig.

Leoncavallo posso intuire la motivazione che lo abbia indotto ad ordinare il trasferimento di quel pianoforte dall'Istituto Sacro Cuore a casa sua, ma è solo una intuizione che non mi offre sicurezza...>>, mormorò.

<< Inoltre, il fatto stesso che quel pianoforte sia rimasto a casa sua per un mese mi fa pensare che, potenzialmente, potrebbe essere lui il possessore di quel testamento, ma anche questa certezza mi manca. Ci vorrebbe una perquisizione a casa sua per avere maggiori conferme. >>, osservò mentre continuava a sorseggiare il suo whisky.

<<Ma come faccio a sapere quando e come potrò introdurmi in quell'appartamento? Devo assolutamente escogitare qualcosa per rendere possibile questo mio piano. >>

Dopo un attimo di riflessione, lasciandosi trasportare da quella musica che lo avvolgeva, improvvisamente, spinto da un'idea che gli passò nella mente, si alzò di scatto, prese la sua giacca e frugando nelle tasche estrasse un bigliettino da visita.

<< Ecco l'ho trovato! >> esclamò.

Subito dopo prese il suo cellulare e compose un numero che era scritto su quel bigliettino:

<< Pronto? >> rispose subito la voce di un uomo.

<< Buonasera, parlo con il Sig. Lorenzo Ponchielli? >>

<< Sì, con chi parlo? >>

<< Ci siamo conosciuti qualche giorno fa nel

giardino dell'Istituto Sacro Cuore. Si ricorda? >>

<< A dire la verità, in questo momento non mi sovviene >>, rispose con una voce indecisa.

<< Una mattina passando in quel giardino sono rimasto affascinato dalla bellezza di quelle aiuole e mi sono avvicinato a lei per elogiare il suo magnifico lavoro e dopo aver chiacchierato per un po' lei mi ha lasciato il suo bigliettino da visita.>>, disse Filippo cercando di farsi riconoscere.

<< Sì, sì adesso ricordo. Mi fa piacere risentirla. Cosa desidera? >>

<< Ho una grande veranda che voglio sistemare meglio, magari inserendo anche altre piante, lei potrebbe fare un sopralluogo domani? >>

<< Certo! Con molto piacere! Le va bene per le 8:30? >>

<< Sì, va benissimo. Abito in Via Giacomo Leopardi, 21. Sarò qui ad aspettarla. Grazie, a domani>>, rispose chiudendo immediatamente la comunicazione.

Poi disse tra sé: << Spero che questo pretesto mi porti a ricevere informazioni utili >>

La mattina successiva, con una impeccabile puntualità, il giardiniere era da lui.

<< Buongiorno, Signor Manzi >>, disse stringendogli la mano mentre entrava in casa.

<< Buongiorno, Signor Lorenzo, sono veramente lieto di rivederla. Prego, si accomodi! >>

Il giardiniere si tolse il cappello e tenendolo

stretto tra le mani entrò con poca disinvoltura; era una persona di 53 anni, alta e leggermente robusta, con capelli brizzolati e con atteggiamento molto discreto.

<< Mi segua! >>, disse Filippo mentre gli faceva strada.

Appena aprì la vetrata scorrevole che c'era nel suo studio ebbero accesso alla veranda. Era molto spaziosa, quasi quadrata, al centro era situato un bel tavolo in legno massiccio con sei sedie disposte intorno; una composizione di divani bianchi con dei cuscini colorati riempiva ad angolo la parete sinistra e quella frontale rendendo l'ambiente molto accogliente e ben arredato; completava il tutto una bella tettoia in legno Iroko racchiusa da vetrate le quali rendevano l'ambiente luminoso e confortevole, ma il fattore più coinvolgente era dato dalla bella vista, in quanto la veranda era contornata esternamente da un giardino che si rendeva visibile anche dall'interno , attraverso le vetrate. A destra c'era una stufa a Pellet accesa, che con il suo calore rendeva il tutto molto piacevole.

<< Bellissima! Ma qui è meraviglioso! Una veranda in giardino, è spettacolare! >>, esclamò il giardiniere rimasto fermo ad osservare, catturato da quella bellezza.

<< Grazie! Amo molto gli spazi contornati dal verde, però, come può notare, durante l'inverno non ci sono fiori. >>, rispose Filippo spiegando la motivazione della richiesta di quel

sopralluogo.

<< Per caso sta alludendo a quei fiori che ha notato nel giardino dell'Istituto Sacro Cuore? >>, chiese il giardiniere con aria sorridente.

<< Vedo che lei ha già captato il mio desiderio! >>, rispose con una risatina.

<< Devo dire che in questo ambiente, ci starebbero molto bene degli ellebori, dette anche "Rose di Natale" e delle viole variopinte. >>

<< Lei è molto impegnato in questo periodo? >>

<< Questa è la settimana del Natale e...>>

<< Deve partire in questi giorni ? >> chiese Filippo interrompendolo mentre parlava.

<< Io? Partire?>>, rispose Lorenzo in una risata.

<< Sono anni che io e mia moglie non organizziamo un viaggetto. >>

<< Mi scusi se le ho fatto questa domanda, non volevo essere invadente. >>, rispose Filippo pensando di aver creato disagio ed imbarazzo.

<< Non si preoccupi d'altronde, in questo periodo diverse persone decidono di trascorrere la notte di Natale e di Capodanno altrove, magari trascorrendo anche una settimana in montagna, quindi la sua domanda non è stata proprio fuori luogo.>>, rispose il giardiniere con molta tranquillità.

<< Sono del parere che queste feste sono belle quando si trascorrono in famiglia perché emerge l'amore che la unisce e questo è l'elemento più importante. Cosa ne pensa?>>,

chiese Filippo mentre lo invitava a sedersi al tavolo della veranda.

<< Condivido in pieno questa sua opinione. È indifferente festeggiarlo in casa o altrove, invece è importante, l'unione famigliare perché si crea armonia e gioia di stare insieme. >>

<< E lei lo trascorrerà con sua cugina? >> chiese Filippo con aria indifferente, celando il vero scopo di quella domanda.

<< A quale cugina si riferisce? >>

<< Alla persona che lavora come collaboratrice domestica a casa del direttore dell'Istituto; Se non ricordo male, è stata lei che ha fatto da tramite per farle ottenere il lavoro come giardiniere. Me ne ha parlato lei stesso, l'ultima volta che ci siamo visti. >>

<< Si, ora ricordo. Quella cugina per me è una persona veramente speciale; mi ritengo fortunato perché anche mia moglie le vuole molto bene e tra di loro c'è molta complicità >>

<< Presumo quindi che stiano organizzando il Natale insieme. >> rispose Filippo sorridendo.

<< Indubbiamente! Ed è stata facilitata anche dal fatto che la sua signora le ha concesso una settimana libera. >>

<< Presumo per le feste natalizie.>>, rispose Filippo cercando di ottenere più notizie possibili.

<< Sì, certo! Ecco, quella è una di quelle famiglie che trascorrerà il Natale e Capodanno fuori, organizzando la cosiddetta "settimana

bianca". >>

Subito dopo Filippo si alzò dalla sedia, seguito da Lorenzo, troncando il discorso: ormai aveva ricevuto le notizie di suo interesse.

<< Bene, quindi quando potrà effettuare il lavoro qui?>> disse Filippo mentre rientravano nel suo studio e lo accompagnava alla porta d'entrata.

<< Se per lei va bene, anche subito dopo il Natale. Posso passare il 28 di questo mese alle 8:30. >>

<< Per me va benissimo. >>

Dopo che si scambiarono gli auguri di Buon Natale, il giardiniere andò via.

<<Devo dire che è andata benissimo >>, disse chiudendo la porta con aria soddisfatta.

<< Adesso non mi resta che entrare in azione. >>

Aveva una grande conoscenza delle serrature delle porte, riusciva, con degli attrezzi specifici, ad aprirle pur non avendo le chiavi. Certamente non utilizzava questa sua capacità, per effettuare furti, arrivava a questo stratagemma solo quando aveva bisogno di prove e certezze per aiutare le indagini di cui si occupava.

Si sedette nel suo studio e con la penna rossa cerchiò, sul calendario della scrivania il giorno 25 Dicembre.

Infatti la mattina del Natale si alzò di buonora, aveva una forte emozione, pregava che tutto potesse svolgersi nel migliore dei modi. Preparò i suoi piccoli attrezzi e pensò che l'ora di pranzo potesse essere il momento più favorevole in quanto la gente, riunita a tavola, quindi distratta dalla confusione, non avrebbe badato ad eventuali rumori. Successivamente cercò il numero di telefono della famiglia Leoncavallo e telefonò per assicurarsi che nessuno rispondesse.

A mezzogiorno entrò in azione, si trovava davanti al portone della casa del signor Mario, citofonò varie volte per avere una ulteriore conferma che in casa non ci fosse nessuno.

Era ben vestito e portava una scatola di panettone regalo, dove aveva nascosto i suoi piccoli attrezzi; Agli occhi della gente che passava, dava l'impressione di essere un invitato che si recava lì per il pranzo di Natale.

Il portone però era chiuso, dopo qualche minuto di attesa sentì lo scatto di apertura seguito dall'uscita di un uomo molto distinto e lui nello stesso istante entrò indifferentemente, prese l'ascensore e arrivò al terzo piano.

Finalmente si trovava davanti alla porta e doveva prestare molta attenzione per non essere scoperto.

Guardò la serratura e si rassicurò perché era una di quelle vecchie che non presentava difficoltà.

Immediatamente entrò in azione estraendo dalla scatola che aveva poggiato a terra, un particolare attrezzo che consisteva in un ferretto sagomato il quale serviva a tenere in pressione i cilindri della serratura e subito dopo inserì un ferro sottile che era azionato da un attrezzo a forma di pistola; dopo pochi tentativi la porta si aprì.

Velocemente ripose tutto nella scatola ed entrò in casa chiudendosi immediatamente all'interno.

Dopo un attimo, il pensiero di voler uscire da quella casa il più presto possibile gli dette lo scatto per passare in azione.

Davanti a se c'era un lungo corridoio con una passatoia in tappeto persiano rosso; sulla sinistra una consolle, stile veneziano in legno decorata in oro con specchio, arredava l'entrata; sulla destra si sviluppava un ambiente aperto dove c'era l'angolo salotto con due tavolini; il tutto era disposto su un grande tappeto persiano dai colori chiari come i divani. Sulla parete frontale un tendaggio sontuoso addobbava due balconi.

Filippo entrò con molta attenzione cercando di non lasciare impronte e notò sulla destra un divisorio con due porte scorrevoli in stile inglese le quali lasciavano intravedere uno studio.

Aprì delicatamente le due porte e si trovò di fronte ad una grande scrivania in noce massiccio posta davanti ad una parete adibita a libreria.

<< Ecco, penso sia il posto giusto per trovare qualcosa di interessante >>, disse tra sé mentre si avvicinava alla scrivania.

<< Ah! Qui ci sono solo penne e cancelleria >>, disse mentre richiudeva il primo cassetto di sinistra;

Aprì il secondo cassetto sempre di sinistra e qui trovò delle cartelline verdi.

<< Qui è scritto "Bollette "/ "Buste paga ">>, disse mentre leggeva le intestazioni.

Una di queste cartelline catturò subito la sua attenzione.

<< È strano che questa non sia intestata >> disse mentre si accingeva ad aprirla.

Qui rimase colpito da foto che ritraevano una meccanica di pianoforte.

<< Interessanti queste foto! >>, esclamò. << Anche perché qui non c'è un pianoforte e quindi presumo sia quello che ha tenuto per un mese. >>

Incuriosito continuò a frugare e trovò altri documenti interessanti,

<< Centro Asta D'Arte >> disse mentre leggeva l'intestazione di una ricevuta.

Si trattava di una perizia che portava la seguente descrizione:

"*Da una perizia accurata effettuata dal nostro esperto Raffaele Panzio, si è stabilito*

che il pianoforte a coda del Sig. Mario Leoncavallo ha una meccanica rovinata per cui non mantiene l'accordatura, quindi il suo valore d'asta non potrà mai raggiungere 5000 euro come da richiesta avanzata dal proprietario."

In allegato c'era un altro foglio con l'intestazione di Raffaele Panzio Via della Repubblica 10 Cremona, dove era documentata tecnicamente la perizia effettuata ed il preventivo per l'intervento che necessitava il quale ammontava a 8000 euro.

<< Benissimo! >> disse con molta soddisfazione.

Memorizzò il tutto nel suo cellulare con delle foto e proseguì nella sua ricerca.

Sul lato destro della scrivania c'erano ancora due cassetti che ispezionò minuziosamente; qui non trovò nulla di interessante.

Restava da controllare l'ultimo cassetto, quello centrale, ma mentre cercò di aprirlo, si accorse che era chiuso a chiave.

<< Qui la situazione diventa più interessante: un cassetto chiuso a chiave custodisce sempre dei segreti.>>, disse frugando nella sua giacca dalla quale estrasse due ferretti.

<< Per fortuna porto sempre insieme i mie piccoli attrezzi >>, disse sorridendo.

Dopo poche manovre il cassetto si aprì.

Qui erano conservati blocchetti di assegni, contratti notarili che subito lesse in una maniera superficiale accorgendosi che non erano di suo interesse.

Sotto a tutti gli altri documenti c'era una cartellina verde che aveva come intestazione

"Conto Corrente personale" la prese e all'interno trovò diversi blocchetti di assegni staccati.

Dando uno sguardo alle matrici vide che erano di piccoli importi, ma con scadenze molto frequenti, inoltre avevano tutti come intestatario: "Royal Club ".

<< Il nostro direttore ha debiti di gioco a quanto pare.>> disse in tono ironico.

<< Questo spiega la motivazione del voler vendere quel pianoforte e mi rafforza l'idea che il testamento di Laura possa trovarsi proprio in questa casa. >> disse con molta convinzione.

Si guardò intorno e aprendo gli sportelli della libreria continuò a frugare, ma c'erano solo libri e nulla che potesse interessargli.

Uscì da quella stanza, dopo aver richiuso le due porte scorrevoli. Ritornò in corridoio e continuò a perlustrare tutta la casa, guardando con molta attenzione nei cassetti e armadi.

Purtroppo non trovò nulla che a lui potesse interessare e decise di andar via.

CAPITOLO 12

31 DICEMBRE 2018

Erano le 7:30 dell'ultimo giorno dell'anno. Chiara era sveglia nel letto ricordando con nostalgia i capodanni trascorsi quando c'era la mamma; era vivo nella sua mente l'entusiasmo che aveva nei preparativi; gli addobbi che realizzava in casa creando un'atmosfera magica ed accogliente e l'impegno che ci metteva nel preparare il cenone per il nuovo anno; in ogni angolo della casa si sentiva il calore della famiglia.

<< Quanto mi manchi mamma! >>, disse tra sé con le lacrime che le scendevano sul viso.

Chiuse gli occhi abbandonandosi alla tristezza e fu proprio in quel momento, priva di forze, che avvertì un qualcosa di strano, come un bagliore e una voce interiore che le diceva:

<< Non lasciarti andare, reagisci! Sono sempre con te! >>

Spaventata da quella sensazione, si sedette a letto e un qualcosa in lei si ribellò.

<< In questo giorno devo sostituire la mamma! >>, disse con determinazione. << Non importa se non sarò apprezzata. Devo farlo per lei! >>

Si asciugò le lacrime e con una grinta che si era imposta, fece subito una doccia, si vestì e si recò in cucina per preparare la colazione; consultò un libro dove la mamma aveva lasciato le sue ricette ed in poco tempo preparò un ciambellone ed un buon caffè.

Nel frattempo Renzo era ancora a letto, poteva godersi i privilegi delle vacanze scolastiche, infatti dormiva tranquillo non curante dell'orario. Era un momento piacevole e sereno trasmesso da quel silenzio mattutino che contribuiva a prolungare il sonno; ma ecco che all'improvviso, quella quiete fu interrotta dal suono di campane che Renzo avvertì in maniera assordante. Proveniva dalla chiesa San Lorenzo che si trovava a cento metri da casa sua.

<< Maledette campane! >> disse girandosi dall'altra parte tappandosi le orecchie col cuscino, per cercare di riaddormentarsi.

Dopo vari tentativi, rigirandosi nel letto varie volte, si arrese.

<< Che brutto risveglio! >>, replicò seduto a letto con la testa tra le mani.<< Ormai sono sveglio!>>, continuò alzandosi indispettito.

Indossò subito la vestaglia per recarsi in cucina e, quando uscì dalla stanza, fu sorpreso nel sentire l'odore di caffè e quello di dolci appena sfornati: fu come rivivere momenti piacevoli del passato.

<< Che bella sensazione sentire questi profumi in casa! >>, disse scendendo le scale. Appena entrò in cucina vide che tutto era stato merito della sorella, quindi non esternò la gioia che provava e si dimostrò molto indifferente.

Mentre Chiara gli versava il caffè nella tazzina e gli tagliava una fetta di ciambellone, così come avrebbe fatto la mamma, entrò il padre con la legna per accendere il fuoco.

<< Come mai così presto stamattina? >> disse mentre puliva il camino.

<< È stato un risveglio da nervosismo per colpa di quelle maledette campane!>>, rispose Renzo mentre gustava una fetta di ciambellone

<< Addirittura maledette! >>, disse il padre con una risata.

Quella risata irritò Renzo che aveva un po' stemperato quel nervosismo gustando quella colazione inaspettata.

<< Non si può essere nervosi per così poco! Pensa piuttosto come potresti impiegare questo tempo sottratto al sonno! >>, disse con un atteggiamento di imposizione.

Mentre il padre continuava con i suoi sermoni inappropriati, Renzo poggiò sul tavolo la tazzina del caffè che aveva appena finito di bere e si ritirò nella sua camera, non curante delle parole che il padre continuava a dirgli.

<< Non riesco a capire perché deve parlarmi sempre con quel tono autoritario! >>, disse tra sé camminando su e giù per la stanza. << Mi tratta come se fossi un ragazzino. >>

Si fermò davanti alla finestra catturato dalla bellezza del paesaggio. Ebbe l'impressione di trovarsi in un altro posto, perché tutto era coperto di bianco per la nevicata della notte: era un paesaggio che sembrava ovattato e gli trasmetteva molta tranquillità.

<< Che pace! >>, disse con un lungo sospiro.

Mentre continuava a guardare provando beneficio, la sua attenzione fu catturata dall'arrivo di una macchina rossa che spiccava in quel contesto tutto bianco e che si fermò proprio davanti al cancello di casa sua. Da quella macchina vide uscire un ragazzo che alzando la testa verso la finestra incrociò il suo sguardo.

Portava un giubbotto ed un cappello di lana nero, Renzo non riuscì a capire chi fosse.

La sua attenzione, focalizzata su quella persona, fu colpita dal fatto che quel ragazzo gli fece cenno di scendere. Dopo un attimo di riflessione, aguzzò lo sguardo ed incominciò a capire chi fosse.

<< Non posso crederci! Addirittura ha scoperto dove abito! >>, esclamò con aria preoccupata avendolo riconosciuto;

Come scordarlo! per come era stato aggressivo e minaccioso quel giorno a scuola presentandosi all'improvviso.

In un primo momento voleva ignorarlo, infatti si allontanò dalla finestra non pensando alla richiesta ricevuta di volerlo incontrare, ma quando dalla finestra scrutò per capire il comportamento di quel ragazzo, questi gli fece, daccapo, cenno di scendere;

Rimase pietrificato, non aveva dubbi: quel

ragazzo era lì per lui.

<< Adesso cosa faccio? È imbarazzante avere uno scontro proprio qui davanti a casa. Devo assolutamente evitare di coinvolgere la famiglia in questa faccenda. >>

<< Mi conviene affrontarlo! Magari eviterò di litigare. >>, disse mentre si vestiva.

Era molto agitato, non conosceva le intenzioni di quel ragazzo, però sapeva che poteva essere violento, come si era dimostrato l'ultima volta.

Si fece coraggio e dopo cinque minuti era giù in giardino. Aprì il cancello e si trovò faccia a faccia.

<< Cosa ci fai qui? >>

<< Vedo che ti ricordi chi sono! >>, esclamò con ironia quel ragazzo.

Renzo chiuse il cancello e lo invitò, con un gesto della mano a seguirlo.

<< Allontaniamoci! Non saresti dovuto venire qui! >>, disse continuando a camminare.

<< Sono venuto per darti un ultimo avvertimento, e per dimostrarti che non sto scherzando. Non mi costringere a passare alle maniere forti. >>

<< Queste minacce non servono a niente, non mi fai paura. Mi stai perseguitando su un qualcosa che non esiste! >>, disse guardandolo negli occhi.

<< Basta! >>, gli rispose quel ragazzo a voce alta, fermandosi e prendendolo per il collo della giacca. << Non continuare a mentire! So con

certezza che nascondi quel testamento! >>

<< Sono disposto a parlare con te, ma in modo tranquillo. >> Gli rispose moderatamente, impallidito da quella reazione improvvisa.

Quel ragazzo lasciò la presa da Renzo e frugando nelle tasche estrasse un bigliettino.

<< Ti lascio il mio numero di telefono e ti consiglio di chiamarmi al più presto, per un incontro dove dovrai rendermi partecipe di ciò che ti sei impossessato. >>, gli disse mentre gli infilava, nel taschino della giacca, quel bigliettino. << Pensaci! >>, incalzò a voce alta guardandolo con aria minacciosa.

<< A presto! >>, continuò con un sorriso beffardo, mentre si allontanava verso la sua macchina.

Renzo rimase impalato seguendo con lo sguardo quel ragazzo che si rimise in macchina; solo quando vide che finalmente andò via, ebbe un lungo respiro di sollievo e con passo tranquillo tornò a casa. Prima di rientrare prese quel biglietto dal taschino e vide che era scritto solo un numero di cellulare.

Quando Renzo rientrò in casa, vide Chiara ed il padre seduti in cucina che parlavano, fu propizio quel momento per tornare in camera inosservato.

<< Papà, ho preparato la lista della spesa. >>, disse Chiara.

<< Perché questa lista, cosa ti manca? >>, rispose con atteggiamento distaccato.

<< Papà, ho un grande desiderio di preparare una cena come quando c'era la mamma: voglio sentire la sua presenza in questo giorno particolare. >>, disse guardandolo con tenerezza.

Il padre rimase sconcertato, fu colpito da quella risposta; ora capiva perché quella mattina, in casa c'era qualcosa di diverso. I buoni propositi della figlia, però, non riuscirono a placare quel suo carattere avverso.

<< Non ho nessuna voglia di rivivere il passato! >>, le rispose con rabbia.

Chiara rimase dispiaciuta, ma non voleva rinunciare al desiderio che aveva in cuor suo e, con molta pazienza, si avvicinò al padre e con voce quasi implorante gli disse:

<< Ti prego, accontentami! Guardami! Da bambina per dei capricci riuscivo ad intenerirti e tu finivi sempre per assecondarmi. Ricordo che mi volevi tanto bene! >>

In quel momento, il padre si alzò infastidito da quei ricordi e riversò la sua attenzione sulla cura del fuoco, girando la legna che scoppiettava nel camino.

<< Vestiti! Ti accompagno a fare la spesa, ma non pretendere di più. >>

<< D'accordo! >>, si limitò a rispondere Chiara.

Andò subito a prepararsi e dopo poco tempo uscirono insieme, ma da quel momento tra loro si creò un profondo silenzio.

Durante la loro assenza Renzo continuò a

pensare quel ragazzo tanto prepotente, conosceva il suo numero di telefono, ma non conosceva ancora il suo nome.

<<È strano che questa persona mi abbia preso di mira; non ricordo di averlo mai incontrato prima, perché proprio me, se non ci siamo mai visti? Sicuramente avremo una conoscenza in comune. >>

Trascorse tutto il pomeriggio ad effettuare delle ricerche sui profili Facebook. Prima passò in rassegna i suoi amici: non erano tanti. Successivamente dette uno sguardo tra i colleghi di lavoro; infine passò ai suoi allievi; era stanco di cercare, ne aveva controllato 6 dei suoi allievi senza riscontrare dei risultati.

<< Sono stanco di cercare >>, sussurrò tra sé, abbandonando quella pista.

Trascorse il resto del tempo suonando al pianoforte cercando di liberarsi dalla pressione di quel ragazzo che incombeva su di lui. La musica lo aiutava, ma non appena nella mente riaffiorava il suo volto, sentiva il peso delle sue minacce.

Nel frattempo Chiara trascorse tutto il pomeriggio in cucina consultando in continuazione le ricette della mamma; aveva preparato gli spaghetti in cartoccio al sugo di gamberetti, uno sformato di carciofi e degli involtini di filetto di pesce persico con purè di patate e come dolce un tiramisù.

Erano le sette di sera quando aveva infornato lo

sformato: era tutto pronto; quindi si dedicò ad apparecchiare la tavola. Prese in cantina una scatola dove erano conservati gli addobbi, con emozione ed entusiasmo preparò una bellissima tavola in soggiorno dove il camino acceso rendeva tutto più incantevole.

All'ora di cena si sedettero a tavola; il fratello ed il padre rimasero in silenzio stupefatti, ma non esternarono i loro sentimenti. Chiara non si aspettava nulla e tanto meno un elogio, ciò nonostante era felice perché nel suo cuore sentiva gli abbracci e le carezze della mamma.

Alice aveva trascorso tutta la mattinata per le ultime compere del momento; stava organizzando una cenetta intima per festeggiare in casa l'arrivo del nuovo anno; era molto orgogliosa di preparare tutto da sola. Di solito Marco collaborava ed insieme decidevano il da farsi, ma questa volta aveva deciso così: voleva sorprenderlo. Quel capodanno costituiva per loro il primo anniversario della loro storia d'amore per questo Alice aveva preso anche un regalo per lui che doveva ritirare quella mattina: un braccialetto d'oro con una targhetta dove dalla parte interna aveva fatto incidere la data del giorno in cui avevano iniziato la loro convivenza.

Era mezzogiorno quando rientrò in casa e trovò Marco nel suo studio impegnato in un progetto.

<< Rimani pure qui, tranquillo!>> gli disse dopo

averlo salutato con un bacio. << Questa volta voglio sorprenderti! >> continuò con gli occhi che sprizzavano gioia.

<< D'accordo! Non voglio intralciare i tuoi piani. >> le disse con un sorriso.

Rimasto solo, concentrò i suoi pensieri su Renzo. Aveva un'agitazione interiore dovuta alla situazione conflittuale che stava vivendo.

<< Non so se sto agendo nella maniera giusta. >>, disse tra sé pensando alle minacce inflitte a Renzo.

<<In fin dei conti non ho prove certe, sto insistendo basandomi su un intuito personale >>

Rimase a riflettere a lungo dandosi delle risposte.

<< Da quello che mi risulta, è stato solo lui ad aprire quel pianoforte e quindi con molta probabilità, si è potuto impossessare di quel testamento>>, sussurrò continuando a pensare.

<< Basta! >>, disse stanco di rimuginare. << Resto sempre nella convinzione che continuando a fargli pressione, prima o poi riuscirò a scoprire la verità>>

<< E nel caso in cui stessi sbagliando? >>, si domandò cercando delle risposte.

<< Se non avrà nulla da nascondere si stancherà delle mie minacce e sicuramente diventerà più minaccioso di me! >>, disse dopo una lunga riflessione.

<< Solo allora capirò di aver commesso un

errore e mollerò tutto scomparendo nella più profonda indifferenza. >>, disse provando un sollievo di liberazione.

Guardò l'orologio e si accorse che erano passate diverse ore tra i pensieri che riguardavano Renzo, e l'impegno per il suo lavoro.

All'improvviso bussò alla porta Alice e vedendolo immerso tra le carte sparse sulla scrivania esclamò dicendo: << Amore non ti sembra di esagerare con il tuo lavoro? >> disse avvicinandosi per abbracciarlo. << È tutto pronto, e voglio che dobbiamo essere rilassati per la cena. Che ne dici di brindare con un prosecco? Ho preparato degli stuzzichini appetitosi. >> disse prendendolo per mano, tirandolo fuori da quella camera.

Era stata bravissima, aveva apparecchiato la tavola in maniera impeccabile con tovaglia bianca dove al centro dominava un centrotavola che aveva realizzato utilizzando addobbi dorati con luccichii delicati in sintonia con i sottopiatti. Tutto era illuminato solo da candele accese, disposte a tavola ed in vari punti della camera che rendevano l'ambiente intimo e rilassante.

<< Che atmosfera romantica! >>, disse Marco abbracciandola per poi baciarla. Quel lungo bacio fu, per Alice, più significativo di tante parole d'amore.

Marco sentì subito calare la sua tensione che poco prima lo aveva pervaso. Ora doveva trascorrere quella meravigliosa serata con Alice che inconsciamente lo aveva aiutato ad allontanare quelle perplessità che si erano impadronite di lui in quella giornata.

La serata proseguì nella massima serenità tra le soddisfazioni del palato, nel gustare le prelibatezze che aveva preparato Alice e le continue coccole e tenerezze che univano i due cuori innamorati.

Quell' atmosfera idilliaca fu però, spezzata dal suono del cellulare di Marco. Erano le 22:00; dette uno sguardo e vide che era comparso solo un numero di telefono, si alzò da tavola non sapendo chi fosse e rispose. << Pronto? >> disse con uno sguardo smarrito.

<< Sono Renzo Raffi. Voglio chiudere per sempre questa faccenda. >>

Sentendo quella voce fu assalito dallo stupore e, incrociando lo sguardo accigliato di Alice, prontamente disse:<< Ciao! >>, poi con voce tranquilla controllando il suo stato emotivo continuò dicendo:

<< Allora, cosa mi proponi? >>

<< Incontriamoci all'Istituto Sacro Cuore il giorno 4 gennaio, alle ore 9:30 >>

<< Ci sarò, non dubitare! >>, rispose.

Renzo chiuse la comunicazione e Marco continuò a parlare, fingendo agli occhi di Alice, di essere ancora in linea.

<< Non preoccuparti! Ti ringrazio, sei stato gentilissimo ad avvisarmi >>

Dopo una pausa, per dare l'impressione di ascoltare, disse:

<< D'accordo, spostiamo tutto dopo l'epifania. Non preoccuparti! >>

<< Grazie, Buon anno anche per te! >>

Prima che Alice gli chiedesse spiegazioni, lui la anticipò dicendo con un sorriso:

<< Era un caro cliente, con il quale avevo appuntamento il giorno 3 gennaio. Siccome è in partenza per l'estero, mi ha avvisato di spostare l'appuntamento. >>

Alice rimase perplessa, non riusciva ad inquadrare il fatto che a poche ore dai festeggiamenti del capodanno potessero esserci persone che si preoccupavano di spostare gli appuntamenti, ma l'atmosfera magica di quella serata era molto più coinvolgente, tanto che, dopo pochi attimi quelle perplessità svanirono nel nulla.

La mattina successiva, mentre Marco era sotto la doccia, squillò il suo cellulare; Alice era vicino e inevitabilmente lesse la chiamata: Avv. Sergio Cappelletti; non rispose e quando smise di squillare, avendo il telefonino tra le mani, fu spinta dalla curiosità di leggere la chiamata che c'era stata la sera prima durante la cena. Vide che mancava il nome e questo la lasciò perplessa.

<< Come può essere possibile non avere in rubrica l'intestazione di un caro cliente? >>

<< Sicuramente non si tratta di un cliente, e

quindi? >>, a quel punto incominciò a darsi delle risposte ipotetiche.

<< Potrebbe essere una donna! >>

Istintivamente, mossa da questi dubbi, si annotò il numero di telefono su un foglietto.

<< Devo assolutamente scoprire cosa mi sta nascondendo Marco! >>, disse mentre trasferiva quel numero nel suo cellulare per non perderlo e per non lasciare tracce.

Non appena registrò quel numero scoprì che risultava salvato nel suo cellulare con la voce: Maestro Renzo Raffi. Questa scoperta la lasciò ancora più sconcertata e preoccupata.

Mille domande alle quali non sapeva dare risposta si conficcarono nella sua mente.

<< Oltretutto, non mi risulta che debba partire per l'estero. >>, disse tra sé.

<< Perché Marco mi ha mentito? >>

Mentre poggiava il telefonino sul tavolo lo vide arrivare in accappatoio; si sedettero per la colazione.

<< Hai ricevuto una chiamata mentre eri sotto la doccia >>, disse Alice con molta naturalezza, non lasciando trasparire il suo turbamento.

Marco dette un'occhiata alla chiamata e ripose il telefonino sul tavolo. << Lo richiamerò più tardi, con calma. >>, disse mostrando indifferenza.

<< Oggi è la giornata piena di messaggi augurali per il nuovo anno. >>, disse Alice mentre beveva il suo caffè. << Ho già provveduto, ad

inviarli ai parenti ed amici. L'ho inviati anche al mio maestro di musica. >>, disse alzandosi da tavola per prendere la spremuta d'arancia che aveva lasciato in cucina.

Mentre Marco spalmava la marmellata sui biscotti, Alice gli chiese:

<< Conosci il mio maestro? >>

<< No, non l'ho mai visto. >> rispose con sguardo accigliato. Dopo un attimo di silenzio continuò dicendo: << Come mai questa domanda? >>

<< Niente di particolare! Mi chiedevo che, essendo una persona che frequento assiduamente per le lezioni, è strano che non sia capitata l'occasione per presentartela. Non ti pare? >>

<< Sì, in effetti hai ragione. Ma adesso non pensiamoci, arriverà il giorno in cui me la presenterai! >>, rispose abbracciandola per spezzare il suo imbarazzo nel mentire.

Mentre contraccambiava l'abbraccio, Alice coltivava l'idea di dover indagare su quella menzogna di Marco.

Anche Filippo fu alle prese dei messaggi augurali e tra questi ci fu uno, inviato a Paolo, seguito da un ulteriore messaggio; <<incontriamoci il giorno 7, la mia indagine si è quasi conclusa, mi manca l'ultimo tassello che svilupperò in questi giorni. >>

Infatti aveva in mente di recarsi, furtivamente, all'Istituto Sacro Cuore per intrufolarsi nell'ufficio del direttore e cercare il testamento: era l'ultimo posto dove controllare.

Sapeva che, di solito nelle scuole, effettuavano lavori di disinfestazione per preparare gli ambienti alla riapertura;

<< Pronto, sono il segretario dell'Istituto Sacro Cuore di Cremona, vorrei avere conferma del vostro intervento per la disinfestazione qui a scuola. >>, disse contattando una delle tre aziende che aveva cercato in zona.

<< Mi dispiace, ma qui non vedo una vostra prenotazione. >>, gli rispose una voce di donna.

<< Mi scusi, forse ho sbagliato numero. >>, rispose Filippo con gentilezza.

Provò con un altro numero di telefono di un'altra azienda addetta a quei lavori. Dopo aver formulato la stessa domanda gli rispose la voce di un uomo:

<< Sì, è stato confermato per il giorno 4 Gennaio alle 8:30. Non vi è pervenuta l'e-mail? >>

<< Sì, certo! Ma ho telefonato per avere maggiore conferma. La ringrazio, Buongiorno! >>

Il 4 Gennaio alle 8:20 Filippo era davanti alla scuola Sacro Cuore, vide il cancello aperto. Parcheggiò e rimase ad aspettare; dopo 10 minuti arrivò un furgone che varcando il cancello entrò nel giardino della scuola e si fermò davanti alla scalinata dell'entrata principale. Sopraggiunse un altro furgone uguale a quello di prima che fu parcheggiato

accanto all'altro. Qui scesero 4 uomini i quali indossarono anche loro delle tute arancioni e dei cappelli con visiera;

Furono tutti impegnati a trasportare i vari attrezzi nella scuola, lasciando i due furgoni incustoditi e aperti. Filippo approfittando di quel momento si avvicinò trovando, all'interno, delle tute imbustate e delle pompe a spalla, subito prelevò una tuta arancione e la indossò velocemente, insieme al cappello con visiera e, prendendo una di quelle pompe, la indossò sulle spalle. Così travestito si intrufolò nella scuola confondendosi tra gli altri operai.

Erano tutti all'opera e quindi non badavano alla sua presenza.

<<Un travestimento perfetto!>>, sussurrò tra sé. Infatti dava l'impressione di appartenere a quella squadra e questo lo aiutò a procedere nei suoi piani con molta tranquillità.

Camminava nel corridoio alla ricerca della stanza del direttore imitando i gesti degli altri operai. Non fu difficile trovarla, dopo poco si trovò davanti a quella targhetta.

Entrò immediatamente richiudendosi la porta alle spalle.

A sinistra c'era una grande scrivania posta davanti ad una libreria che rivestiva tutta la parete, sulla destra c'era un salottino blu con tavolino e due poltrone, di fronte c'erano due vetrinette divise da un balcone. Una vetrinetta era piena di libri, mentre l'altra mostrava delle coppe e medaglie con delle foto incorniciate, incominciò subito a rovistare nei cassetti della scrivania, passò al setaccio tutte le cartelline che vi erano conservate: contenevano documenti inerenti alla scuola. Imperterrito continuò per mezz'ora a cercare nella libreria spostando anche i libri, ma niente. Si guardò intorno e si accorse che sul lato destro del divano c'era una porta, incuriosito si avvicinò per aprirla e vide che si trattava di un ripostiglio archivio, perché c'erano delle scaffalature a quattro ripiani con tanti faldoni.

<< Questo potrebbe essere un buon nascondiglio, ma come si fa a controllare tutte queste cartelle? >>, mormorò.

Mentre osservava quella cameretta sentì dei passi in corridoio che man mano si sentivano sempre più vicini.

<< Devo nascondermi! È meglio non farmi notare. >> disse agendo velocemente.

I passi erano molto vicini, ebbe giusto il tempo di infilarsi in quell'archivio trovando un giusto spazio tra la scaffalatura e la parete per potersi nascondere.

<< Entra! Qui possiamo stare tranquilli! >>, disse una voce.

<< Ho deciso di incontrarti perché voglio porre fine a questa situazione. >>, disse la stessa voce.

<< Benissimo! Allora hai deciso di confessare tutto? >>

<< Voglio che devi ascoltarmi con attenzione;

non so cosa ti faccia pensare che abbia qualcosa da confessare, ma devi credermi, non ho nulla. >>

<< Non ti credo! Perché proprio una persona che ti conosce molto bene mi ha riferito ciò che nascondi. >>, disse l'altra voce con un tono forte e deciso.

<< Ma chi è questa persona? >>, rispose con tono alterato.

<< È una persona molto vicino a te. >>, disse Marco bleffando guardandolo negli occhi per scrutare la sua reazione; poi continuò rafforzando il tono della voce: << Non fare il furbo con me, mostrami subito quel foglio! >>.

A questo punto Filippo sentì un forte rumore come un pugno o un oggetto sbattuto sulla scrivania e si avvicinò alla porta del suo nascondiglio per curiosare; da uno spiraglio riuscì a vedere il volto di uno dei due ragazzi, perché l'altro si trovava di spalle. Dai loro atteggiamenti era evidente che stessero litigando.

<< Ma che profitto si può trarre da un foglio! sei assurdo e testardo!>>, rispose l'altro con voce grossa, stanco di quelle insinuazioni.

<< Quello non è un semplice foglio e lo sai benissimo. Anzi, chissà che fortuna avrai trovato!>>, replicò ancora Marco.

Furono interrotti da qualcuno che bussò alla porta.

<< Avanti! >>, disse Renzo.

Aprì la porta una giovane ragazza che lavorava in segreteria.

<< Mi scusi maestro Raffi, le devo chiedere gentilmente di uscire da questa camera perché devono passare per la disinfestazione. >>

<< D'accordo, dite pure di passare tra cinque minuti. >>

Non appena la ragazza andò via, Marcò riprese a replicare.

<< Non ti mollerò! Dovrai dividere con me tutto ciò di cui ti sei appropriato. Ho bisogno di soldi, lo vuoi capire? >>, disse avvicinando la sua faccia a quella di Renzo per infondere in quello sguardo la sua caparbietà.

<< Questa è una grande rivelazione! >>, rispose ridendo Renzo. << Ora capisco perché insisti così tanto, ma stai perdendo il tuo tempo perché stai perseverando su una pista sbagliata>>

<< Adesso basta! >>, disse infuriato Marco battendo un pugno sulla scrivania.<< Mi hai fatto venire fin qui, per dirmi che non hai nulla? >>

<< Certo! Perché questa è la verità! >>, rispose subito Renzo. << Adesso dobbiamo andar via. Ti saluto. >>, continuò avviandosi verso l'uscita.

<< Non pensare che mi sia arreso. Ci rivedremo a presto! >> rispose Marco seguendo i suoi passi.>>

<< Ti assicuro che ti pentirai >>, replicò Renzo mentre camminava in corridoio.

Filippo, immediatamente uscì dal suo nascondiglio si tolse la tuta che nascose sotto la giacca e uscendo dalla porta lasciò per terra la pompa, dopo essersi guardato intorno.

Si diresse verso l'uscita con molta naturalezza, arrivato alla sua macchina aprì subito lo sportello e si sedette stanco ma molto soddisfatto.

Il litigio di quei due ragazzi lo incuriosì e oltretutto conosceva il volto di uno ed il nome dell'altro: Maestro Raffi.

CAPITOLO 13

LA ROTTURA

Quella mattina, Filippo era diretto ad incontrare l'accordatore qualificato di pianoforte Raffaele Panzio.

Erano le 10:30, dopo aver parcheggiato la macchina in Via Della Repubblica, camminava ponendo attenzione ai numeri civici.

<< Ecco, deve essere qui! >>, esclamò fermandosi al numero dieci, davanti ad una grande vetrina con porta d'ingresso in vetro, la quale contrastava con la costruzione molto antica in pietra.

Esternamente, quella vetrina, rendeva molto visibile l'esposizione di diversi pianoforti ed altri strumenti musicali.

Il locale era molto lungo e largo con volte a padiglione in pietra; c'erano una ventina di pianoforti verticali disposti sia a sinistra che a destra. Spostando lo sguardo oltre, verso l'interno, era visibile l'esposizione di un pianoforte a coda nero e tre pianoforti a mezza coda dei quali uno era bianco e due neri. La parete di destra era attrezzata per l'esposizione di chitarre e violini, mentre sulla parete di sinistra c'era una scaffalatura che conteneva libri.

In fondo al locale era situato un laboratorio che si rendeva molto visibile in quanto era delimitato da vetrate.

Un signore, impegnato ad accordare un pianoforte, fu distolto dal tintinnio della porta di accesso nel locale, non appena Filippo si apprestò ad entrare.

Era un signore non molto alto di circa cinquant'anni, con capelli e baffi brizzolati; indossava un pullover blu alla dolce vita ed un pantalone in velluto a coste blu.

<< Buongiorno! >>, disse andandogli incontro

<< Cosa desidera? >>, continuò.

<< Buongiorno! >>, rispose Filippo stringendogli la mano. Poi guardandolo negli occhi con un sorriso di cortesia, continuò dicendo: << Sono un investigatore e vorrei delle informazioni riguardo un pianoforte da lei periziato dietro richiesta del Dottor Leoncavallo. Si ricorda? >>

Rimase con lo sguardo accigliato cercando di ricordare quel riferimento.

<< Guardi, le mostro il documento di perizia da lei rilasciato >> continuò Filippo mostrando con il suo cellulare la foto di quel documento. >>

<< Sì, ora ricordo! >>, rispose quel signore dopo aver dato uno sguardo a quella immagine.

Con una espressione accigliata continuò dicendo: << Cosa le interessa sapere? >>

<< Questa perizia, è stata effettuata da lei personalmente? >>

<< Sì, è un lavoro che eseguo con meticolosità;

inoltre, deve sapere che dalla meccanica dipende molto la valutazione e quindi ho dovuto esaminarla attentamente. >>

<< Dunque, ha guardato anche sotto la tastiera? >>, chiese ancora Filippo mostrando molto interesse.

<< Certamente! Dovevo rendermi conto del livello di usura dei tasti. >>

Mentre l'accordatore rispondeva, Filippo prendeva appunti di quelle risposte. Poi continuò ancora con le domande:

<< Ha effettuato qui la perizia o a casa del dott. Leoncavallo?>>

<< Trattandosi solo di una perizia, non ho ritenuto opportuno trasportarlo qui. >>, rispose con molta cordialità.

<< Mi scusi mi interessa sapere se ha trovato qualcosa sotto la tastiera di quel pianoforte come per esempio: una lettera, o un documento. >>

<< No, mi dispiace, non c'era nulla. >>

<< Ne è proprio sicuro? >> disse con insistenza Filippo.

<< Sì, sicurissimo! >>, rispose in maniera molto decisa. Poi dopo un attimo di riflessione continuò dicendo: << Però, posso dirle che ricordo, di quel pianoforte, un particolare che mi lasciò infastidito. >>

<< Di cosa si tratta? >>, chiese Filippo con molta curiosità.

<< Quando lo aprì, per valutare la meccanica,

mi accorsi che era stato già aperto da qualcuno. Lo riscontrai da impronte che erano state lasciate nella polvere. Questo mi infastidì perché fu evidente dedurre che avessero affidato quel lavoro ad un'altra persona prima di me. >>

<< Capisco. >>, rispose Filippo con tono di approvazione. << La ringrazio, comunque, per la disponibilità e gentilezza. >>, aggiunse, congedandosi con una stretta di mano.

Purtroppo non era riuscito ancora a sciogliere il mistero di quel testamento.

Nel pomeriggio aveva appuntamento con Paolo, ed era impaziente di incontrarlo per aggiornarlo sugli sviluppi raggiunti e allo stesso tempo per stabilire come procedere.

Nell'attesa, aveva deciso di recarsi al locale "LIBROAMICO "per la pausa pranzo, e per trascorrere un po' di tempo in relax.

Passato il Natale e Capodanno, il locale era tornato nella normalità. Laura non avendo più lo stress di quel periodo di feste, poteva concedersi dei piccoli spazi con le sue amiche Ida e Clara.

Quella mattina si era aggregata, a loro, anche Chiara. Suo padre era andato a Milano per lavoro e tornava la sera; il fratello aveva ripreso l'insegnamento a scuola e quel giorno, avendo lezioni nel primo pomeriggio, non tornava a casa per il pranzo; quindi, Chiara pensò di trascorrere la giornata con Ida e Clara.

Erano comodamente sedute, nel reparto salotto, in conversazione, mentre gustavano un aperitivo. Stavano raccontando come avevano trascorso le feste.

<< Posso dirvi che trascorrere dieci giorni in montagna è veramente salutare >> disse Ida con molta soddisfazione. << La mattina sciavamo e la sera assistevamo a spettacoli divertenti... >>, continuò mentre prendeva un'oliva dalla ciotola sistemata sul tavolino.

<< Dovevate vedere un cameriere che perdeva la testa per una cliente, sua coetanea, dai capelli biondi ed occhi azzurri, la quale era lì con i suoi genitori.>>, disse Clara ridendo mentre pensava l'andatura goffa ed impacciata che quel cameriere assumeva per l'emozione.

<< È vero! >> confermò Ida << Era evidente notare la sua confusione quando le passava vicino. >> continuò ridendo.

<< Poi c'è un altro episodio che voglio raccontarvi che ci ha fatto ridere tanto. >>, disse Clara.

<< Eravamo su un trenino che girava sui monti, per godere di vedute spettacolari. Una coppia tedesca, intorno ai settant'anni, era seduta di fronte a noi; il marito era molto allegro e divertente, tanto che, quando parlava alla moglie, questa rideva e la sua risata era così contagiosa da coinvolgerci.

Il marito, vedendoci ridere, pensò di essere compreso nella sua lingua e continuò a parlare rivolgendosi verso di noi; a quel punto scoppiammo a ridere in una maniera ancora più forte, perché non capivamo niente di quello che diceva e continuavamo a ridere solo per la situazione che si era creata e per la risata della moglie >>.

Scoppiarono tutti a ridere. Chiara si divertì molto ad ascoltare; era da tanto tempo che non rideva così.

<< Certo, siete molto simpatiche! >>, disse Laura con aria sorridente.

In quel momento entrò Filippo che la vide ridere con le sue amiche. In quello stesso istante, Laura incrociò il suo sguardo e si alzò per recarsi alla cassa.

<< Scusate, devo lasciarvi, sta arrivando gente per l'ora di pranzo. >>

<< Non preoccuparti! >>, le risposero.

Poco dopo, si alzarono anche le due amiche e Chiara, per occupare un tavolino nella sala Ristoro. Ida si allontanò per ritirare la loro prenotazione.

La conversazione di quella mattina aveva creato un avvicinamento tra loro. Chiara si comportava in una maniera più disinvolta e confidenziale.

<< Non è giusto che mi offriate sempre voi! >>, replicò mentre prendevano posto in sala.

<< Non preoccuparti! >>, rispose Clara mentre poggiava la borsa sulla sedia.

<< Allora concedetemi di offrirvi il dolce ed il

caffè >> disse la ragazza con insistenza alzandosi da tavola.

Con determinazione e senza aspettare l'approvazione delle due amiche si avviò verso la cassa. In quel momento entrarono diverse persone e si formò una lunga fila. Chiara si aggregò aspettando con pazienza il suo turno. Nel frattempo entrarono Marco ed Alice, quest'ultima, notando l'affluenza di quel momento, si allontanò per occupare un tavolino in sala, lasciando Marco alla cassa.

Chiara si guardava intorno in una maniera strana, non era abituata a quella confusione che si era creata.

<< Quanta gente! >>, esclamò Marco sbuffando, trovandosi dietro di lei.

Chiara intuì l'impazienza di quel ragazzo e si girò guardandolo con un sorriso e, con una espressione di condivisione, manifestò la noia che provava anche lei in quell'attesa.

<< Sembra quasi che gli amici siano stati lontani in questi giorni di festa ed oggi abbiano tanta voglia di incontrarsi >> gli disse guardandolo negli occhi.

Marco approvò con un sorriso tirando fuori, dalla tasca, il cellulare che squillava. Nel frattempo Chiara si accorse che gli era caduto qualcosa per terra e si chinò per raccoglierla.

La telefonata fu breve e, non appena chiuse la comunicazione, Chiara gli disse:

<< Mi sono accorta, mentre estraeva il cellulare,

che le sono cadute 50 euro dalla tasca. Tenga! Gliele ho raccolte io. >>

<< Non so come ringraziarla! È molto gentile da parte sua, anzi direi, molto onesto! >>

<< Si spera sempre di incontrare persone oneste, quindi, oggi si è presentata l'occasione per esserlo io verso gli altri. >>

In quel frangente entrò Renzo il quale, con molta sorpresa, notò la presenza della sorella, ma rimase sconvolto nel vederla in conversazione con Marco.

Istintivamente rimase in disparte per spiare i loro comportamenti.

<< La prego di accettare almeno un gelato per ringraziarla del suo nobile gesto. >> disse Marco poggiando la sua mano sulla spalla di Chiara.

<< No, non si preoccupi! Lei non mi deve nulla. >>rispose sorridendo.

Allibito da quella scena uscì dal locale, anche perché non desiderava incrociarsi con Marco.

<< Che legame potrà esserci mai, tra mia sorella e quel farabutto? >>, sussurrò tra sé appoggiandosi al muro esterno, di fianco all'entrata.

Subito dopo andò via con tanti dubbi che gli martellavano il cervello.

Dopo un po' le due donne e Chiara si riunirono a tavola per il pranzo.

<< E tu, Chiara, come hai trascorso le feste? >> chiese Ida.

<< Sono stati giorni normali, privi di armonia

ed allegria. Però l'ultimo giorno dell'anno ho voluto viverlo magicamente bene. >>

<< In che senso "magicamente bene"? >>, chiese Ida con un sorriso di gioia.

<< Ho voluto sentire, in casa, l'atmosfera che creava la mamma nei giorni di festa. >>, disse con un velo di tristezza assumendo una espressione seria. << Per lo meno ci ho provato! >>, disse subito dopo ridendo.

<< Brava! >> esclamò Clara. << In che modo? >> continuò.

<< Ho preparato una cena squisita; inoltre con gli addobbi che utilizzava la mamma, ho reso l'ambiente completamente diverso, quasi come un tocco di magia. >>

<< Complimenti! Sei una ragazza eccezionale! >>, disse Ida guardandola negli occhi.

<< Non è stato, però, tutto merito mio. >>

<< Perché dici questo? >>, chiese Ida

<< Perché quella mattina ero caduta in un completo abbandono, poi ho sentito una forza interiore che mi ha spinta a combattere quel momento. All'improvviso, si è acceso in me un entusiasmo che non avevo avuto mai prima; inoltre sentivo la presenza della mamma che mi guidava e il calore del suo affetto che ha colmato il vuoto che mi circondava.>>

Dopo una piccola pausa, mentre beveva il caffè, continuò:

<< Chissà, forse sarà stata proprio la mamma a

sollevarmi. >>

<< Penso proprio di sì. >>, disse Ida guardandola con molta tenerezza.

Avevano finito di pranzare e Chiara guardò l'orologio.

<< Devo tornare a casa! >> esclamò, alzandosi da tavola.

<< Ti accompagniamo, non preoccuparti! >>

Lasciarono il locale salutando Laura con un gesto della mano. Durante il percorso in macchina, Chiara rimase per un po' in silenzio, poi con un sorriso che lasciava trasparire un momento di gioia disse:

<< Grazie! Per essermi vicine. Oggi ho trascorso una bellissima giornata con voi. >>

<< Siamo noi, che dobbiamo ringraziarti per averci dato questa possibilità. Siamo veramente felici. >> replicò Ida.

Arrivate al cancello di casa sua, Clara guardando la ragazza negli occhi, con la mano sulla sua spalla, le disse:

<< Non esitare a chiamarci in qualsiasi momento. Fidati di noi! Vogliamo solo il tuo bene.>>

<< Grazie! Lo terrò presente. >> Rispose chiudendo il cancello.

<< Che bella giornata ho trascorso oggi >>, sussurrò tra sé mentre richiudeva la porta.

Poi si recò in cucina e con buon umore pensò cosa preparare per cena.

In frigo aveva il pollo ed i peperoni così pensò di

approntare la teglia del pollo da infornare ed inoltre, pulire i peperoni per farli in padella come contorno.

<< Sono stata veramente fortunata ad incontrare quelle due donne; oggi mi hanno trasmesso buon umore. >>, sussurrò.

Si dedicò a preparare quella cena canticchiando; sentiva di provare un pizzico di felicità.

Dopo circa un'ora rientrò il fratello. Entrò in cucina senza salutarla; poggiò la borsa sulla sedia e si avvicinò a lei.

<< Ti ho scoperto! Sei tu la maledetta che trama alle mie spalle! >>, le disse con voce aspra guardandola negli occhi.

Chiara fu colta di sorpresa, e si spaventò quando vide nei suoi occhi tanta rabbia.

<< Di cosa stai parlando? Non ti capisco! >>, disse con voce debole, indietreggiando di qualche passo.

<< Hai anche il coraggio di mentirmi. Smettila di fingere! >>, disse avvicinandosi ancor di più a lei.

<< Non riesco a capire. Credimi! >>, rispose con voce tremante.

All'improvviso, si scatenò con una raffica di schiaffi.

<< Ma cosa ti ho fatto? >>, gridò Chiara piangendo, alzando il braccio destro per ripararsi il volto.

<< È tutta colpa tua se mi trovo nei guai! Vuoi liberarti di me? >>, le disse gridando a squarcia

gola. << Pensi che quel ragazzo sia innamorato di te? >>, replicò con una risata sarcastica e carica di odio.

<< Ma di chi stai parlando? >>, esclamò Chiara piangendo.

In preda a fortissima collera, le mollò schiaffi ed un pugno sul naso che Chiara riuscì ad attutire alzando il braccio in difesa.

<< Hai fatto in modo che mi ricattasse. Brutta stronza! >> Le disse prendendola a calci.

Chiara correva intorno al tavolo per sfuggire da quelle mani violente, ma lui riuscì a prenderla, e con atteggiamento più furioso le dette ancora due schiaffi in faccia e la scaraventò per terra.

<< Non ho fatto niente! >>, ripeteva più volte Chiara tra i lamenti e pianti.

Dopo l'afferrò per il collo e tirandola a sé, la fissò negli occhi con uno sguardo penetrante e cattivo.

<< Non farti vedere più con quell'idiota! È un avvertimento, ricordati! Perché, altrimenti rischi di peggio. >> Le gridò lasciandola per terra con il naso sanguinante.

Chiara, estenuata ed abbandonata a sé stessa rimase rannicchiata a terra; si sentiva confusa, aveva i capelli scompigliati, continuava a piangere chiedendosi il motivo di quell'aggressione.

Nel frattempo sentì sbattere la porta d'entrata: il fratello stava andando via.

Era una sua abitudine, uscire per placare il suo

nervosismo.

Lentamente si alzò, cercò di tamponare con un fazzoletto bagnato, il sangue che fuoriusciva dal naso, tenendo la testa all'indietro.

<< Basta! >>, sussurrò tra sé. << Devo andare via da questa casa! >>

Sentì il rumore della macchina del fratello che usciva dal cancello e questo la rincuorò; però doveva agire immediatamente, approfittando della sua assenza.

Il naso continuava a sanguinare; uscì di casa senza una meta, aveva bisogno di aiuto. Le prime persone che le vennero in mente furono Ida e Clara, camminando affannosamente prese il cellulare e chiamò Ida.

<< Chiara, ciao! Che sorpresa sentirti! >>

<< Ida, aiutami! >>, disse piangendo con voce debole come se non avesse nemmeno la forza per parlare. >>

<< Chiara! Cosa è successo? >>

<< Mio... Fratello...>> disse con un filo di voce, intercalando le parole al pianto.

<< Chiara. Stai bene? >>, gridò Ida al telefono.

<< Sì, sono solo spaventata e non so cosa fare. >>

Ida si trovava in macchina con la sua amica.

<< Clara, dobbiamo correre a casa di Chiara: sarà successo qualcosa di grave!>>, disse Ida invertendo la marcia.

In poco tempo arrivarono davanti alla villetta.

Il cancello era spalancato.

<< Ida, guarda! Per terra ci sono tracce di sangue! >> osservò Clara notando che quelle macchie continuavano anche fuori dal cancello.

Chiara era nascosta dietro un albero, nel bosco che si trovava di fronte a casa sua. Accorgendosi dell'arrivo delle due amiche uscì dal nascondiglio.

<< Oh, grazie a Dio! >>, disse Clara con gioia nel rivederla.

Avevano pensato di peggio, nel vedere quelle macchie di sangue per terra.

Chiara abbracciò le sue amiche e grazie al loro sostegno rientrò in casa.

<< Grazie! >> disse piangendo.

<< Sicuramente avrai avuto uno scontro violento con tuo fratello>> disse Ida mentre l'aiutava a sedersi in cucina.

<< Mi dispiace! Non ti meriti questa vita! >>, aggiunse Clara accarezzandole i capelli.

<< Sì, è stato terribile. Voglio andare via da questa casa. >>

<< Dai, affrettiamoci! Può ritornare tuo fratello! >>, disse a Chiara mentre le porgeva un bicchiere d'acqua.

<<Dai Chiara! Devi fare un ultimo sforzo; ti aiutiamo noi a prendere lo stretto necessario e poi andiamo via. >>, disse Ida sollecitandola ad alzarsi dalla sedia.

<< D'accordo, seguitemi! Andiamo in camera mia. >> rispose la ragazza mentre si accingeva a salire le scale.

In un attimo Ida e Clara riempirono una valigia con la roba che trovarono nell'armadio.

<< Per il momento basta così! >>, disse Chiara.

<< Sì, certo! abbiamo poco tempo… >> aggiunse Ida. <<… dobbiamo fuggire da qui il più presto possibile. >>

<< Ma non so dove andare! >>, disse Chiara scoppiando a piangere.

<< Non preoccuparti! potrai vivere con noi tutto il tempo che vorrai… >>

<< Davvero? >>

<< Certo! Adesso calmati! Stai tranquilla. Andiamo via! >>.

In quel momento, mentre stavano uscendo di casa, si trovarono faccia a faccia con il padre, il quale stava salendo le scale del giardino.

<< Cosa sta succedendo! >> esclamò con grande sorpresa, nel vedere la valigia.

<< Vado via, Addio Papà! >>, rispose Chiara.

<< Tu non vai da nessuna parte! >>, gridò il padre mentre le stringeva il braccio. << E queste persone chi sono? >>, disse riferendosi ad Ida e Clara.

<< Sono mie amiche. Non potrai impedirmi di andare via. >>

<< Sono tuo padre, e dovrai fare quello che dico io.>>

<< Ha visto come è spaventata sua figlia? Dovrebbe capire perché vuole andare via. >>, intervenne Ida stanca delle insistenze di quell'uomo non curante della salute della figlia.

<< Lei non si intrometta! Questa è una faccenda tra me e lei! >>, le rispose con tono alterato.

<< Deve ringraziare questa ragazza, per essersi presa cura di voi, nonostante l'abbiate trattata male. Non meritate la sua bontà! >>, rispose Ida a voce alta.

<< Renzo, questa volta, ha superato i limiti; mi ha alzato le mani. Non ti importa? >> replicò Chiara con rabbia.

<< Chissà cosa avrai commesso per meritartelo! >>, rispose il padre con tono di rimprovero.

Quella fu una frase che la colpì profondamente.

<<Ida, Andiamo via! >>, disse Chiara oltrepassando il padre con uno scatto.

<< Non ti permetto di andare via. Obbedisci! >>, gridò ancora il padre.

<< Sono maggiorenne! Non puoi impedirmi nulla! >>, replicò Chiara mentre entrava in macchina con l'aiuto di Clara.

Subito dopo andarono via lasciando il padre in giardino furibondo per non essere riuscito a dominare la figlia.

<< Non so come ringraziarvi. >> disse la ragazza, rivolgendosi alle due donne che ora considerava due amiche.

Da quel momento, per Chiara, incominciava una nuova vita.

CAPITOLO 14

L'IDENTITA'

Intanto, nel locale "LIBROAMICO", Alice e Marco si intrattennero ancora di più.

Quella mattina, la ragazza durante il pranzo, era distratta mentre Marco le parlava; Guardando il suo compagno negli occhi non vedeva più trasparenza: le aveva mentito e per giunta si trattava del suo maestro. La sua mente era occupata da un solo pensiero: cosa possono nascondermi?

<< Perché sei silenziosa? >>, le chiese Marco accorgendosi del suo stato d'animo.

<< Sono solo un po' stanca. >>, rispose sforzandosi in un sorriso.

<< Hai l'aria assente, non ti sento partecipe nei discorsi. >> replicò.

<< Sì, forse hai ragione. Sono pensierosa perché domani ho lezione di pianoforte ed in questi giorni di festa ho studiato poco. >>

<< Puoi spostarla! >>

<< No, non voglio. >> gli disse con tono annoiato.

<< Sei soddisfatta come sta proseguendo lo studio del pianoforte con quell'insegnante? >>

<< Sì abbastanza. Ritengo il maestro Raffi, molto preparato ed inoltre molto valido dal punto di vista didattico. >>, dopo un momento di silenzio continuò: << La lezione, ogni volta,

mi ricarica e mi infonde buon umore; ne sono veramente felice. >>

Marco rimase ad ascoltarla con interesse, meravigliato nel vedere Alice con quanto entusiasmo parlava di lui. Guardandola pensò: se sapesse che lo perseguito e lo minaccio cosa mi direbbe?

Mentre stavano gustando un gelato, Alice all'improvviso gli chiese:

<< Hai risentito quel cliente della mezzanotte di capodanno? >>

<< Sì, dobbiamo incontrarci domani. >>, rispose nascondendo la sorpresa che gli suscitò quella domanda. << Mi lusinga il tuo interesse per il mio lavoro >>, continuò sorridendo prendendo le mani tra le sue.

Alice in quel momento avrebbe voluto svelare la sua scoperta e cioè che quella telefonata proveniva dal cellulare del suo maestro, ma si trattenne: voleva cercare di capire da sola la verità, perché sicuramente l'avrebbe raggirata con delle false spiegazioni.

La permanenza in quel locale si era protratta più del previsto; dallo sguardo e dal comportamento di Alice traspariva un atteggiamento pensieroso che preoccupava Marco il quale cercava di coinvolgerla nei discorsi e di farla sorridere. Ad un tratto accorgendosi dell'orario, prese la sua agenda per controllare gli impegni del pomeriggio e di scatto esclamò allarmato:

<< Maledizione! Ho dimenticato un appuntamento! Che avevo nel primo pomeriggio.>> Poi prendendo il cellulare compose un numero dicendo: <<Scusami devo chiamare con urgenza per rimediare. >>

Al telefono rispose, con voce molto gentile, una donna:

<< Ufficio Tecnico Comunale, cosa desidera? >>

<< Vorrei parlare con il Geometra Fabio Ricci >>, disse Marco

<< Con chi parlo? >>

<< Sono l'architetto Marco Crespi >>

Dopo un attimo di attesa fu collegato con la persona da lui richiesta.

<< Scusami, ho avuto un contrattempo che non mi ha permesso di venire da te >>

<< Non preoccuparti! Comunque sono riuscito a prepararti quei documenti che mi avevi chiesto. Te li faccio pervenire in ufficio? >>, rispose cordialmente il geometra.

<< Sì, Grazie! Il mio ufficio è: Studio associato AL.FA. Via Dante Alighieri, 14 >>

<< D'accordo! Arrivederci, buona giornata! >>

Chiudendo la chiamata, guardò Alice con un sorriso dicendole:

<< Oggi, per starti vicino, ho dimenticato un appuntamento importante, però sono riuscito a sistemare. Lo sai che ci tengo tanto a te e soffro nel vederti così silenziosa. >>, le disse guardandola negli occhi.

In quello sguardo Alice vide la sua sincerità, ma

quella menzogna continuava a rammaricarla.

<< Adesso mi merito un tuo sorriso? >>, le disse ancora Marco, dandole un pizzicotto sulla guancia.

Quel gesto fu tanto tenero per lei che si rallegrò assumendo uno sguardo ridente.

Accanto al loro tavolo era seduto Filippo che per tutto il tempo era rimasto lì per ascoltare le loro conversazioni. Lo aveva riconosciuto appena aveva messo piede in quel locale e per lui era un'occasione da non perdere per conoscere la sua identità.

Subito dopo i due giovani si alzarono ed andarono via.

Filippo li seguì con la sua bravura investigativa.

Non avevano la macchina, camminavano abbracciati fermandosi, di tanto in tanto, ad osservare le vetrine. Dopo due isolati si divisero: la ragazza proseguì a dritto e lui girò a destra. Filippo seguì il ragazzo e dopo circa cento metri lo vide entrare in un portone; si avvicinò e leggendo la targa: "Studio associato AL.FA" ebbe la conferma che quello era il suo luogo di lavoro. Soddisfatto per quella inaspettata scoperta, si avviò verso l'ufficio di Paolo; doveva affrettarsi perché mancava un quarto d'ora all'appuntamento. Per fortuna era in zona, quindi preferì procedere a piedi con passo svelto.

Arrivò quasi in orario e non appena la segretaria si accorse della sua presenza lo accolse dicendo:

<< Prego, si accomodi! l'avvocato la sta aspettando. >>

Non appena aprì la porta, Paolo gli andò incontro accogliendolo con molta cordialità

<< Benvenuto, Filippo! >>, disse stringendogli la mano.

<< Salve Paolo! Sono venuto a piedi ed ho dovuto accelerare il passo per arrivare in orario>>, rispose con respiro affannoso.

<< Prego, accomodati! >>, disse indicando la poltroncina che si trovava davanti alla sua scrivania.

Mentre Paolo raggiungeva la sua poltrona, Filippo iniziò l'esposizione della sua indagine.

<< Ti dico in partenza che non sono riuscito a trovare il testamento, però ho raccolto delle notizie che possono indurci sulla buona strada. >>

<< Raccontami! Sono sicuro che alla fine lo troverai. >>

<< Grazie per la fiducia. >>, rispose sorridendo.

Furono interrotti dalla segretaria che portò, come al solito, due caffè.

<< Grazie! Valeria. >>, disse Paolo porgendo il caffè all'amico.

<< Ho indagato sul Direttore, come mi avevi chiesto, ed ho scoperto che ha il vizio del gioco, per questo motivo si era appropriato di quel pianoforte, per poter ricavare, dalla vendita, una somma utile per saldare i suoi debiti, ma

avendo ottenuto una perizia negativa ha dovuto rinunciare e, per questo motivo, lo ha fatto riportare a scuola. >>

<< Pensi che possa essere lui il possessore del testamento? >>

<< A dire la verità, ho ascoltato una conversazione tra lui ed un avvocato dove facevano riferimento ad un testamento che lui tiene nascosto e che, per giunta, delle persone sono andate da lui a chiedere delle informazioni e lui ha negato. >>

<< Ma questo mi fa pensare che si riferisse a noi! >>, esclamò Paolo meravigliato.

<< Infatti non posso escludere l'ipotesi che stia nelle sue mani, anche per altri due motivi importanti: il primo è che sono state trovate impronte nella polvere che dimostrano che il pianoforte è stato già aperto prima di farlo valutare; il secondo motivo è che possa tenerlo nascosto in quell'archivio che si trova nel suo ufficio e che, purtroppo, non sono riuscito a controllare.

<< Come mai? Che cosa ti ha impedito a procedere? >> chiese Paolo con molto interesse.

<< Quella mattina, quando mi sono recato nel suo ufficio, sono riuscito a controllare nella sua scrivania e nella libreria; quando mi sono accorto della stanzetta-archivio, sono stato disturbato dalla presenza di due giovani che si sono intrufolati proprio in quella camera, approfittando dell'assenza del direttore. >>

<< E tu cosa hai fatto? Si sono accorti della tua presenza? >>, chiese Paolo incuriosito.

<< No, assolutamente! sono riuscito a nascondermi proprio in quella stanzetta; però devo dirti che sono stato fortunato, perché ho assistito ad un litigio in cui uno accusava l'altro di essersi appropriato di un valore, grazie ad un foglio che quest'ultimo teneva nascosto ed inoltre lo intimava a dover dividere tutto con lui. >>

<< Interessante! >>, esclamò Paolo. << E sai chi sono questi due ragazzi? >>

<< Si tratta del Maestro Raffi e dell'architetto Marco Crespi. >>

<< Maestro Raffi! >>, esclamò Paolo. << Ma è la persona che abbiamo contattato nelle nostre prime ricerche >>

<< È molto probabile! perché è un maestro che lavora in quella scuola>>, rispose Filippo.

<< Ma chi dei due minaccia l'altro? >>.

<< Marco Crespi accusa Raffi di possedere un foglio dal quale ne può trarre beneficio e quindi lo minaccia.>>

<< Tutto questo mi fa pensare che possa trattarsi di un testamento. >>, disse Paolo colpito da quel racconto, anche perché vedeva implicato il maestro.

<< Devo assolutamente indagare su questi due ragazzi. >>, disse Filippo condividendo l'ipotesi di Paolo.

<< Penso proprio di sì. Credo che, se il loro

litigio è dovuto all'esistenza di un testamento, questo, sicuramente, sarà quello del padre di Laura. >> rispose Paolo con molta convinzione.

<< Quindi, in questa settimana mi dedicherò a controllare l'archivio del direttore, e a pedinare questi due ragazzi che a quanto pare litigano per un testamento. >>

<< Stai facendo un ottimo lavoro. >>, disse Paolo riponendo fiducia nell'amico.

Subito dopo aprì il cassetto e prese il suo blocchetto di assegni.

<< Devi assolutamente accettare questo anticipo sul lavoro svolto. >>, gli disse staccando un assegno dal blocchetto.

<< Ti ringrazio, ma potevi rimandare a compimento dell'indagine. >> osservò Filippo apprezzando quel gesto.

Subito dopo andò via lasciando Paolo turbato da un grande dilemma: sarà il direttore o i due ragazzi a nascondere il testamento del padre di Laura? Questo pensiero lo accompagnò per tutta la serata, ormai si sentiva vicino alla soluzione, ma non rivelò nulla a Laura: non voleva illuderla.

Intanto, l'investigatore quella sera stessa pensò di recarsi nei pressi dell'ufficio di Marco, voleva controllare i suoi spostamenti. Dopo aver aspettato mezz'ora vicino al portone del suo ufficio, lo vide uscire e prendere la sua macchina rossa. Lo seguì e scoprì anche la sua abitazione.

La mattina successiva, continuò a pedinare Marco, ormai conosceva i suoi spostamenti ed era sicuro che avrebbe cercato Renzo per minacciarlo ancora; Stava all'erta per non perdersi quel momento e scoprire il loro segreto.

Quella mattina alle 12:15 Alice aveva lezione di pianoforte, non era molto preparata, ma volle ugualmente presentarsi: la lezione era per lei un modo per ricaricarsi di entusiasmo necessario per impegnarsi maggiormente.

Arrivò in orario e trovò il maestro che suonava un pezzo di Chopin; fantasia-improvviso op. 66. Rimase ad ascoltare, affascinata da quel movimento fluido delle dita sulla tastiera che si muovevano rapidamente ed agilmente.

Durante la lezione, mentre guardava il maestro, era inevitabile, per Alice, collegarlo a Marco. Questo pensiero non le dava tranquillità; Renzo fu chiamato in segreteria ed in quei pochi minuti che lei rimase sola, rovistò nella sua cartella in cerca di qualche indizio, ma purtroppo senza risultato, doveva cercare di dominare quello stato d'animo agitato, altrimenti non avrebbe nemmeno seguito bene la lezione. Al ritorno del maestro fece un lungo respiro per liberarsi di quella tensione che la dominava. Si sentì più rilassata ed in quel momento capì che mantenere la calma l'avrebbe aiutata a riflettere. Doveva avere pazienza ed aspettare il momento giusto, magari cogliendoli sul fragrante, in un loro incontro, ascoltando di nascosto i loro discorsi. Doveva sicuramente agire d'astuzia.

La lezione proseguì più tranquilla anche perché quando suonava, la concentrazione la portava ad estraniarsi da quella realtà. Non appena ebbe finito, ripose i libri in cartella e salutò il maestro con un sorriso che celava tutto quello che rimuginava dentro di sé.

All'uscita della scuola, quella mattina, con molta sorpresa trovò Marco appoggiato al cancello.

Era un avvenimento inconsueto, perché di solito a quell'ora, era sempre impegnato per il lavoro.

Mentre si avvicinava verso di lui le balenò un dubbio nella mente che forse era lì per incontrare il maestro Raffi.

<< Che sorpresa vederti! >>, disse buttandosi al collo. << Come mai sei qui? Sei venuto a prendermi?>>, gli disse sorridendo.

<< Ieri ti ho visto malinconica, ed ho voluto fare qualcosa per te. Lo sai che ti amo tanto e non sopporto vederti triste. >>, disse mentre la guardava negli occhi tenendole la testa tra le mani.

<< Grazie! >> rispose fissandolo negli occhi.

<< Queste tue attenzioni mi fanno sentire sicuramente meglio. >> continuò assumendo un aspetto più allegro.

<< Come sei bella quando sorridi! >> le disse abbracciandola. << Dove vuoi andare per

pranzo? >>, le disse cercando di renderla felice.

<< Mi dispiace, non posso venire con te; proprio oggi ho l'appuntamento dall'estetista. >> gli rispose dandogli un bacio. << Magari, stasera, possiamo andare a cena fuori, così ti racconto come è andata la lezione. Che ne dici? >> continuò riempiendolo di baci e abbracci.

<< D'accordo, come vuoi tu. Ti accompagno all'estetista? >>, disse Marco con atteggiamento premuroso.

<< No, non è necessario, perché è proprio qui vicino, posso arrivare a piedi. Magari puoi portarti la mia cartella, così mi liberi di questo peso. >>

Si lasciarono allegramente ed Alice girò a destra all'angolo della strada, ma rimase lì, di nascosto ad osservare i movimenti di Marco; non aveva nessun appuntamento voleva solo approfittare di quel momento per cercare di scoprire qualcosa.

Subito dopo vide Marco impegnato in una telefonata, appoggiato alla sua macchina, dopo aver riposto la sua cartella sul sedile anteriore.

In quel momento uscì il maestro dal cancello della scuola, fu subito attratto da quella macchina rossa parcheggiata di fronte, che la associava all'immagine di quel ragazzo minaccioso. Marco si trovava di spalle e non si accorse della presenza di Renzo; quest'ultimo approfittando di non essere stato notato, attraversò la strada e si nascose dietro un albero e vedendo la sua macchina parcheggiata, istintivamente prese una penna ed un biglietto dalla tasca e si annotò il numero di targa.

Non appena Marco finì di parlare al cellulare, entrò in macchina andando via immediatamente. Lo stesso fece anche Renzo.

<< Certo, non posso pensare che siano amici >>, osservò Alice

Dal comportamento fuggitivo del maestro, intuì che non c'era buon accordo tra loro e questo determinò in Alice, una maggiore preoccupazione.

Il maestro Renzo Raffi, moriva dal desiderio di conoscere il nome e l'indirizzo dell'uomo che lo minacciava. Quella mattina, avendo annotato la targa della macchina di Marco, si recò subito all'ufficio ACI per richiedere i dati del proprietario.

Trovò una lunga fila, ma non rinunciò, era molto importante per lui conoscere quei dati.

Aspettò con pazienza il suo turno e quando arrivò allo sportello, una ragazza molto giovane e gentile gli chiese sorridendo:

<< Cosa desidera? >>

<< Vorrei conoscere il nome del proprietario di questa macchina >>, rispose porgendole il foglietto dove aveva annotato il numero di targa.

La signorina elaborò la sua richiesta, dopo qualche minuto gli consegnò, in busta chiusa, il risultato. Renzo, non appena uscì da quell'ufficio aprì la busta e lesse:

"*Marco Crespi, residente a Cremona in Via dei Mille, 14*".

<<Finalmente adesso so dove trovarlo, non dovrà più permettersi di minacciarmi. >>, sussurrò soddisfatto di quella sua iniziativa.

Quel pomeriggio, Marco fu molto preso nel lavoro, doveva completare un progetto che doveva essere pronto per le 17:00. Fu una serata impegnativa, rimase in riunione per ben due ore con il cliente e i suoi titolari. Aveva presentato il suo progetto dove apportarono delle piccole rettifiche, ma in linea di massima, rimase soddisfatto per alcune sue idee che aveva proposto e che furono accettate. Alla fine di quella riunione si sentì liberato di quella tensione che lo aveva accompagnato tutto il pomeriggio e guardando l'orologio, pensò ad Alice. Le inviò subito un messaggio:

"*Passo a prenderti alle 19:30, tieniti pronta, andiamo a cena fuori. Ti amo.* "

Non vedeva l'ora di andare via per trascorrere una serata spensierata con Alice, sperando di infonderle buon umore. Mentre stava riordinando la sua scrivania, la segretaria gli passò una telefonata.

<<Pronto? Buonasera avvocato, quale onore! >> Esclamò

<< Grazie! Mi fa piacere che lei mi conosca. >> rispose l'avvocato.

<< Come posso esserle utile? >> chiese Marco

soffocando la fretta che aveva in quel momento.

<< Vorrei fissare un appuntamento in quanto io e mia moglie abbiamo deciso di ristrutturare casa e, conoscendo le sue capacità, desideriamo affidare a lei questo lavoro. >>

<< La ringrazio! >>, disse prendendo la sua agenda. << Guardi, in questo periodo sono molto occupato, però posso incontrarla fissando un appuntamento fuori orario d'ufficio, magari incontrandoci in un locale, giusto per capire di che lavoro si tratta e per stabilire i tempi necessari. >>

<< D'accordo. Quando possiamo incontrarci? >>

Dopo un attimo di esitazione, mentre sfogliava l'agenda, rispose:

<< Guardi, se per lei va bene, possiamo incontrarci anche domani sera alle 19:00 al locale "Lanterna Verde ".

<< A dire la verità, proprio domani sera non mi è possibile. Possiamo spostare a dopodomani sera? >> rispose l'avvocato.

<<D'accordo, allora a dopodomani. >>, rispose Marco prendendo nota sulla sua agenda.

<< Grazie, Buonasera. >>

Subito dopo andò via correndo: quella telefonata lo aveva trattenuto e rischiava di arrivare tardi all'appuntamento con Alice.

Quella sera, trascorsero una serata meravigliosa. La ragazza volle distaccarsi da quei pensieri su Marco ed il maestro, che disturbavano la sua serenità. Volle vivere quel momento abbandonandosi alle sue carezze e parole dolci escludendo ogni altro pensiero.

<< Quando sorridi, il tuo viso si illumina e diventi ancora più bella. >>, osservò Marco accarezzandole le mani.

<< Come vedi, mi accontento di poco per essere felice; mi bastano le tue attenzioni e mi basta vedere nei tuoi occhi la sincerità. >> rispose Alice in senso provocatorio.

<< Grazie, per vedermi così. Riconosco che a volte preso dal lavoro ho meno attenzioni per te. >>

<< Non importa, a me interessa maggiormente la tua sincerità; rendermi partecipe nei tuoi problemi. >>

Questa frase provocò in Marco una reazione; infatti abbassò lo sguardo non riuscendo a guardarla negli occhi.

Furono interrotti dall'arrivo del cameriere che portava le tagliatelle alla bolognese.

Alice si accorse dell'imbarazzo che aveva suscitato in lui, e questo le fece piacere perché dimostrava che in fondo, era un ragazzo che non riusciva a mentire.

<< Buone queste tagliatelle! >> disse Alice.

Marco, gustando quella pietanza e notando Alice più allegra, sciolse quel sentimento che lo aveva pervaso pochi minuti prima e che aveva offuscato il suo buon umore.

<< Hai ragione, sono buonissime! >>

<< Come procede il tuo lavoro? >> chiese Alice cercando di sdrammatizzare quel momento di prima.

<< Sono molto preso in questo periodo. Devo riconoscere, però che mi piace l'ambiente, sono rispettato ed apprezzato. >>

<< Hai abbandonato l'idea di aprire un ufficio tutto tuo? >> chiese Alice.

<< Assolutamente no! >> esclamò << Quello è il mio grande sogno che sicuramente realizzerò; mi sento abbastanza capace di affrontarlo in maniera autonoma mi mancano solo le possibilità economiche. >>

<< Potremo chiede un mutuo in banca >>, disse Alice

<< Sì, certo! Sto valutando le varie possibilità per affrontare le spese. >> rispose Marco felice di parlare con Alice dei loro progetti futuri.

L'ambiente di quel ristorante era molto accogliente c'era un sottofondo musicale molto dolce che accompagnava i loro discorsi infondendo molta tranquillità.

Erano circa le 22:30 quando rientrarono a casa, sorridenti e felici, non accorgendosi che fuori, davanti al loro portone, c'era qualcuno nascosto in macchina che aspettava il loro rientro.

Infatti, quella sera Renzo, conoscendo il domicilio di Marco, si era appostato davanti a casa sua, ad aspettare il suo rientro per affrontarlo e dimostrargli che era riuscito a scoprire la sua identità e quindi doveva porre fine alle sue minacce perché altrimenti lo avrebbe potuto denunciare.

Era da due ore e mezza che stava lì ad aspettarlo, stava quasi andando via quando vide la sua macchina rossa arrivare. Gli passò davanti e mentre sostava nell'attesa che si aprisse il cancello, per accedere ai box sotterranei, riuscì a vedere il suo volto e si accorse che era in compagnia di una ragazza in quanto vide i suoi capelli lunghi e biondi, ma non si accorse che si trattava di Alice. In quel momento fu impedito ad affrontarlo, ma era intenzionato a riprovarci nei giorni successivi.

Intanto anche Filippo, quella sera aveva pensato di seguire Renzo e vedendolo appostato davanti al portone di Marco, rimase nascosto per capire le sue intenzioni. Purtroppo quando arrivò Marco vide che Renzo andò via.

<< Adesso sono ancora più convinto di seguire una pista giusta. Questi due ragazzi nascondono qualcosa di interessante. >>, sussurrò Filippo andando via.

CAPITOLO 15

UNA SECONDA SCOPERTA

Chiara aveva migliorato la sua vita. Adesso era più tranquilla, non temendo più aggressioni da parte del fratello, e viveva in perfetta sintonia con Ida che la colmava di attenzioni trattandola come una figlia. Per loro era una gioia reciproca, in quanto, Chiara aveva trovato la serenità ed Ida non avvertiva più quella solitudine che spesso, la rattristava ed inoltre sentiva di rivivere i tempi passati, quando erano le figlie ad occupare la stanzetta che ora apparteneva a Chiara. La ragazza era molto rispettosa mantenendo la sua stanza sempre ordinata e pulita e questo non faceva altro che rafforzare la buona considerazione che Ida aveva di lei.

Quella mattina Chiara, appena sveglia, prese il suo cellulare che aveva sul comodino e si accorse di aver ricevuto un messaggio dal fratello. Subito avvertì un'agitazione interiore, ma con coraggio lesse il suo messaggio:

"Ieri sera ho accompagnato papà in ospedale, per difficoltà respiratorie. Lo hanno subito ricoverato per tenerlo sotto osservazione."

La ragazza subì una strana sensazione, non sentiva dolore, ma allo stesso tempo non provava nemmeno indifferenza. Si alzò e dopo aver indossato la vestaglia si recò in cucina dove Ida la abbracciò dandole il buongiorno e le preparò subito il caffè.

<< Mio padre è ricoverato in ospedale per difficoltà respiratorie >>, disse mentre preparava il pane tostato con la marmellata.

<< Cosa pensi di fare? >>, le chiese Ida.

<< A dire la verità sono confusa. Non so cosa fare>>

<< È sempre tuo padre. >>, rispose Ida non sapendo che consiglio darle, in quanto comprendeva benissimo lo stato d'animo della ragazza.

<< Il guaio è che non voglio incontrare mio fratello. >>

In quel momento suonò alla porta Clara, che da quando si era trasferita Chiara, preferiva fare colazione con loro.

<< Buongiorno, ragazze! >>, disse entrando con un pacchetto in mano. << Vi ho portato una torta di mele fatta con le mie mani. >>, continuò entrando in cucina sorridendo.

<< Buongiorno Clara! >>, rispose Chiara aprendo il pacchetto che aveva poggiato sul tavolo.

<< Vi vedo un po' serie stamattina. >>, disse Clara accomodandosi a tavola. << Mi sbaglio o c'è qualcosa che vi turba? >>, continuò rivolgendosi a Chiara.

<< Mio padre è in ospedale. >>

Di colpo l'atteggiamento di Clara divenne molto serio e immedesimandosi in Chiara, la guardò e le disse:

<< Devi affrontare questa situazione con coraggio, devi andare a trovare tuo padre e se dovessi incontrare tuo fratello trattalo con indifferenza. >>

<< Sono d'accordo con Clara >>, disse Ida. << Tieni presente che ti staremo accanto >>, aggiunse.

<< Sì, forse avete ragione. Inoltre riflettendo sugli orari di lavoro di mio fratello, sono sicura che lui potrà recarsi in ospedale solo di sera, perché la mattina ed il pomeriggio è impegnato a scuola. Passiamo stamattina? Che ne dite? >>, disse Chiara rivolgendosi alle due amiche.

<< Sì, saggia decisione: le situazioni difficili vanno affrontate subito! >>, rispose Clara proiettando la sua mano, con un pollice all'insù, verso la ragazza.

Dopo un'ora uscirono di casa per recarsi in ospedale. Qui appresero, all'ingresso che l'orario di entrata era alle 11:30. Mancava ancora un quarto d'ora e così stettero ad aspettare sedute ad una panchina nel giardino dell'ospedale.

<< Ti senti tranquilla? >> disse Ida rivolgendosi a Chiara.

<< Non del tutto. Sto immaginando la faccia di mio padre quando mi vedrà... >>

Dopo un po' si accorsero che avevano aperto la porta d'ingresso e così si avvicinarono ed entrarono insieme a tanta gente che stava lì ad aspettare. Non sapevano in quale reparto dirigersi così guardandosi intorno si avvicinarono ad uno sportello per chiedere informazioni. Qui c'era una signora intorno ai 40 anni ben truccata. Accorgendosi delle tre donne, davanti al suo sportello, chiese con atteggiamento altezzoso: << Cosa desiderate? >>

<< Vorremmo sapere in quale reparto è ricoverato il Sig. Raffi Enrico. >>

Dopo aver azionato il computer disse:

<< Dovete recarvi in cardiologia al secondo piano stanza n° 37 >>

<< Grazie! >>, rispose Chiara.

Arrivate al secondo piano, la ragazza, aveva il cuore che le batteva forte per l'emozione di quel momento.

Nella stanza n° 37 c'erano due letti dove in uno di questi riconobbe subito suo padre. Entrò da sola; lentamente si avvicinò al suo letto. Il padre aveva gli occhi chiusi e respirava ossigeno con la cannula nasale che gli avevano inserito sotto alle narici.

<< Papà! >>, disse Chiara toccandogli la mano.

Il padre, aprì subito gli occhi e la guardò. Gli occhi divennero lucidi ed era abbandonato a sé stesso.

Chiara rimase colpita non aveva mai visto suo padre così indifeso e con gli occhi pieni di lacrime.

Non ci furono parole tra di loro. La ragazza non riusciva ad esprimersi con parole affettuose, però provava tanta tenerezza per quell'uomo che aveva visto sempre forte ed austero.

Gli rimase accanto per mezz'ora seduta alla sedia, tenendogli la mano tra le sue. Solo alla fine, quando si alzò per andare via gli disse:

<< Non preoccuparti, presto starai bene; ce la farai. >>

Dopo un attimo di silenzio stringendogli la mano gli disse:

<< Non preoccuparti per me, perché adesso sto bene e vivo serenamente. >>

Il padre abbassando le palpebre le fece segno di aver capito.

Chiara uscì dalla stanza e raggiunse le amiche.

<< Vorrei tanto consultare un dottore per capire la gravità di mio padre. >>

In quel momento Ida, notando nel corridoio, due dottori in camice bianco che parlavano tra di loro, tirò Chiara con il braccio e la condusse vicino a loro.

<< Scusatemi! >>, disse Chiara con timidezza.
<< Sono la figlia del paziente Raffi, potreste spiegarmi le condizioni di mio padre? >>

<< In quale camera è ricoverato? >> chiese uno di quei due dottori.

<< Nella n° 37 è stato ricoverato ieri sera per difficoltà respiratorie. >>

<<Sì. Ora ricordo. Non si preoccupi, suo padre si riprenderà. Abbiamo riscontrato che ha avuto solo un'aritmia che gli ha provocato un calo di pressione, inoltre tenendolo sotto osservazione

tutta la notte non abbiamo riscontrato patologie cardiovascolari. >>

<< Rimarrà ancora per molto in ospedale? >>

<< Credo ancora un paio di giorni. >> rispose il medico.

<< La ringrazio dottore! >> disse Chiara stringendogli la mano.

Lasciarono l'ospedale e durante il percorso in macchina, Clara le chiese:

<< Allora come ti senti adesso? >>

<< È stata una scelta giusta quella di passare in ospedale a trovarlo. Adesso sono più tranquilla.>> rispose Chiara.

<< Direi che hai dimostrato a tuo padre la tua bontà d'animo. >>

<< Sì, certo non serve a nulla serbare odio e rancore, però non mi sento ugualmente una figlia modello perché non sono riuscita ad esprimermi con parole affettuose. >>, rispose Chiara con molto dispiacere.

Erano un po' stanche per come avevano trascorso la mattinata e quindi decisero di fermarsi da Laura per il pranzo.

Quella stessa mattina Paolo, continuava a pensare al dilemma che Filippo gli aveva suscitato e cioè: il testamento era nelle mani del Direttore o di Renzo Raffi? Si sentiva ad un passo dalla soluzione della faccenda e quindi aspettava con ansia lo sviluppo delle ultime indagini. Nella sua mente, però, faceva sempre più pressione la presenza di Marco che minacciava Renzo.

Pensò che per arrivare a minacciare una persona, sicuramente ci dovevano essere delle prove.

Stanco di rimuginare telefonò a Filippo.

<< Ciao Paolo come mai questa telefonata? >>.

<< Scusami, ho bisogno di parlarti, perché sto riflettendo sulle notizie che mi hai raccontato e per me sta diventando un tormento. Possiamo incontrarci adesso? >>

<< Guarda, mi trovo proprio al bar che si trova sotto il tuo ufficio. >>

<< Benissimo! Arrivo subito, aspettami!>>, rispose Paolo avviandosi verso di lui.

Lo raggiunse immediatamente, e dopo aver ordinato un aperitivo si sedettero ad un tavolino.

<< Allora, cosa mi racconti? >> chiese Filippo incuriosito da quell'atteggiamento pensieroso di Paolo.

<< Ho analizzato tutto quello che mi hai detto ieri e devo dirti che il comportamento di Marco è quello che mi martella il cervello. >>

Furono interrotti dal cameriere che poggiò sul tavolino i due aperitivi con salatini ed olive.

<< Certo, è normale! È inevitabile pensare che abbia delle prove. >>

<< Esatto! Questo è il motivo della mia inquietudine. >>, rispose Paolo.

<< E allora, cosa proponi? >> chiese Filippo

prendendo un'oliva.

<< Penso che dovresti trovare uno stratagemma per avvicinare Renzo. >>

Filippo, rimase in silenzio, a riflettere, continuando a sorseggiare il suo aperitivo.

L' osservazione di Paolo andava a scombinare i suoi programmi riguardo quell'indagine. Avrebbe preferito controllare la stanza archivio che si trovava nell'ufficio del direttore per appurare la sua posizione; ma riflettendo, si rese conto che, indagare prima su Renzo, non avrebbe influito negativamente sul suo lavoro.

<< D'accordo. Hai qualche idea in merito? >>

<< Lui è un insegnante di pianoforte e sicuramente darà lezioni private anche a casa sua. >>

<< Quindi mi stai dicendo che devo fingermi un suo allievo per poter scoprire qualcosa nella sua camera. >>, disse Filippo sorridendo.

<< Beh! È un'idea! >>

<< Sì, certo! Però un'idea bizzarra che mi fa sentire ridicolo. >>, rispose Filippo scoppiando a ridere.

Dopo un po' ricomponendosi in un atteggiamento serio disse: << D'accordo, non preoccuparti prenderò in considerazione questa tua proposta. >>

Paolo, guardando l'orologio si alzò salutando l'amico con l'accordo di tenerlo aggiornato sugli sviluppi. Filippo si recò immediatamente all'Istituto Sacro Cuore, doveva cercare di incontrare il maestro. Erano le 12:30 quando entrò in quella scuola; nel grande corridoio non c'era nessuno, la porta della segreteria era aperta, e qui vide una ragazza che stava sistemando delle carte in un faldone.

<< Mi scusi, vorrei parlare con il maestro Renzo Raffi. >>

<< Mi dispiace, in questo momento è in pausa pranzo. >> rispose la ragazza gentilmente.

<< Potrebbe darmi il suo numero di telefono per contattarlo? >>

<< Mi scusi, ma lei chi è? >>

<< Sono un suo aspirante allievo. Devo mettermi in contatto con lui per lezioni private di pianoforte. >>

La ragazza, non esitò. Subito scrisse su un foglietto il numero del suo cellulare.

<< Ecco, tenga. >> gli disse porgendogli il bigliettino.

<< Grazie! È stata molto gentile! >>, rispose Filippo andando via.

Guardando l'orario pensò di fermarsi in una trattoria per pranzare. Entrò in un locale nei pressi della scuola; la saletta non era molto grande, ma la trovò accogliente in quanto sulla parete frontale all'entrata, c'era un grande camino dove ardeva un bel fuoco che rendeva l'ambiente molto caldo.

Occupò l'ultimo tavolino libero che si trovava in un angolo, vicino alla finestra. Un cameriere si avvicinò e lui guardando il menù effettuò l'ordinazione.

Erano le 15:00 quando finì di pranzare e non appena uscì dal locale, si sedette ad una panchina situata di fronte, per telefonare al maestro.

<< Pronto? >> rispose la voce di un uomo.

<< Parlo con il maestro Renzo Raffi? >> chiese Filippo.

<< Sì, con chi parlo? >>

<< Buonasera, maestro! Sono riuscito a reperire il suo numero dalla segreteria della scuola in cui insegna. >>

<< In che cosa posso esserle utile? >>, chiese il maestro incuriosito.

<<Vi telefono perché sono una persona interessata a prendere lezioni private di pianoforte. Lei sarebbe disponibile? >>

<< Quanti anni ha lei? >>

<< Ho quarantadue anni; Potrebbe essere un problema la mia età? >> chiese Filippo

<< No, assolutamente! Ho chiesto solo per capire in quale corso dovrò inserirla. >>

<< Possiamo incontrarci stasera così ne parliamo con calma? >> chiese Filippo.

<< Guardi, stasera sono impegnato, possiamo incontrarci domani sera, va bene per le 19:30? >>

<< D'accordo. Dove? >>

<< Incontriamoci al Bar Violino in Piazza del Comune >>

<< D'accordo a domani! >>, rispose Filippo

soddisfatto.

Il pensiero di dover studiare il pianoforte per proseguire nelle sue indagini, lo divertiva. Da bambino aveva studiato musica per volere del padre, ma lui non aveva mai provato grande interesse e adesso per motivi di lavoro era costretto a seguire queste lezioni.

Decise di recarsi al locale LIBROAMICO per trascorrere un po' di tempo in tranquillità. Appena entrato, si avvicinò alla cassa per ordinare una cioccolata calda, che gustò seduto nel reparto salotto. Quella sera non c'era molta gente, però vide Laura impegnata nel dirigere dei lavori di sistemazione di alcune vetrine.

<< Sempre impegnata! >> le disse quando passò davanti a lui.

<< Stiamo predisponendo lo spazio per la prossima festività. >> disse Laura fermandosi un attimo a parlare.

<< Strano, vedere questo locale con poca gente. >>, osservò Filippo.

<< Per fortuna, succede ogni tanto. >> rispose Laura sorridendo.

Dopo ancora qualche scambio di parola, Filippo andò via.

Laura continuò ancora in quel lavoro di sistemazione: ci teneva a tenere il locale molto ordinato e pulito.

Quando ebbe finito, volle andare via, prima dell'orario di chiusura, affidando alle ragazze il compito di chiudere il locale.

Arrivò a casa prima del solito. Giulia era seduta sul divano con la nonna, intenta ad ascoltare una storiella che quest'ultima le stava raccontando. Non appena si accorse della presenza della mamma le saltò al collo sprizzando gioia.

<< Mamma, sono felice di vederti! >>, le disse dandole tanti baci.

<< Anch'io sono felice. Stasera sono venuta prima per stare più tempo insieme a te. >>

<< Dai, allora giochiamo? Possiamo vestire le Barbie in tanti modi diversi; dopo possiamo giocare a fare una sfilata di moda. >>

<< D'accordo! >>, le disse Laura abbracciandola.

La bambina corse subito in camera sua a prendere le Barbie con i vestiti per poi portarli giù in salotto e giocare con la mamma.

<< Vai piano, non correre! Puoi cadere e farti male! >>, disse la mamma ad alta voce.

Nel frattempo era rimasta in salotto con la suocera.

<< È rientrato Paolo? >> le chiese.

<< Sì, sta nel suo studio. >>, le rispose guardandola con un sorriso. <<Mi hai portato quelle pastiglie per la gola che ti avevo chiesto? >> aggiunse.

<< Certo! Ce le ho in borsa >>, rispose Laura sorridendo.

Appena entrata l'aveva poggiata sul mobile, dove c'erano diversi portaritratti che rappresentavano ricordi di famiglia, si avvicinò e mentre la prese, uno di questi portaritratti fu trascinato dal manico della borsa e cadde per terra rompendosi.

Laura prese le pastiglie e le dette alla suocera. Dopo si chinò per terra per raccogliere i vetri di quel portaritratti rotto.

<< Oh! Mi dispiace tanto! >>, disse cercando di ricomporre i pezzi della cornice.

Si trattava di una cornice dove c'era una foto dei suoi genitori. Per lei era molto importante anche perché rappresentava un ricordo che il padre custodiva gelosamente sulla sua scrivania.

Ad un tratto lo sguardo di Laura rimase fisso ad osservare un qualcosa di inaspettato. In quella rottura fuoriuscì, da quel portaritratti, una ulteriore foto di suo padre con un'altra donna, e Laura scoprì che era nascosta dietro a quella dei suoi genitori. Rimase sconcertata, la nascose subito nella borsa, tenendosi per sé quel segreto.

Nel frattempo Giulia arrivò con i suoi giochi e Laura ritrovando il sorriso per la figlia, accantonò in quel momento lo sconcerto provocato da quell'avvenimento.

Dopo cena, quando Giulia si addormentò, e la suocera si ritirò nella sua stanza, Laura rimase con Paolo in salotto.

<< Non ti stai interessando più al testamento! >> osservò Laura con voce triste.

<< In questo periodo sono impegnato per una causa importante; però non preoccuparti

riuscirò a trovarlo. Non l'ho dimenticato. >> rispose Paolo accarezzandole i capelli.

Furono interrotti dallo squillo del cellulare di Paolo.

<< Ciao, dimmi >> rispose riconoscendo la chiamata.

<< Ho contattato il maestro, tutto sta procedendo come nei nostri piani. >> rispose Filippo

<< Sei riuscito a fissare un incontro? >>

<< Si, domani sera alle 19:30 In Piazza del Comune. >>

<< D'accordo, tienimi sempre aggiornato dei tuoi sviluppi. >>, rispose tranquillamente Paolo. Non appena terminò la telefonata, Laura lo guardò.

<< È inerente alla causa in corso? >>, chiese non accorgendosi che Paolo stava parlando con Filippo.

<< Sì. >> Rispose Paolo evitando di parlare con lei di quelle indagini, in quanto non voleva illuderla.La serata proseguì tranquillamente, ma non appena Laura si mise a letto non riusciva ad addormentarsi, perché il ricordo di quella foto la assillava. Non appena Paolo si addormentò, si alzò e prese dalla sua borsa quella foto. La guardava con molto stupore, quella donna era accanto a suo padre, ma quest'ultimo la avvolgeva con il braccio destro stringendola a sé.

<< Cosa ci fa questa donna con mio padre? >>, si

chiedeva sussurrando.

Continuò a farsi domande, ma non riusciva a spiegarsi quell'ulteriore segreto del padre.

Aveva deciso di non chiedere aiuto a Paolo, perché temeva di macchiare l'integrità di suo padre, che l'aveva cresciuta infondendole sani principi.

CAPITOLO 16

INCONTRO CONFIDENZIALE

Da quando Chiara aveva lasciato la sua abitazione, per Renzo era stato tutto più difficile; non era abituato a prendersi cura della casa e nemmeno a prepararsi da mangiare. Ora con l'assenza del padre tutto era peggiorato. Stanco di quella situazione per lui insostenibile, aveva chiesto alla bidella della scuola di nome Rosalba, di fargli conoscere qualcuno disponibile a provvedere alle faccende domestiche di casa sua.

Quella mattina alle 8:00, mentre Renzo si stava preparando per andare a lavoro, bussò al cancello una donna di circa trent'anni. La stava aspettando e quindi la fece subito entrare.

<< Buongiorno sig. Raffi. Sono Sandra, mia sorella Rosalba mi ha detto di venire da voi. Siete al corrente? >>, disse poggiando a terra il secchio, pieno di stracci e detersivi, che aveva portato con sé.

<< Sì, me ne ha parlato. >> rispose stringendole la mano per salutarla.

Subito dopo le mostrò la casa e prendendo la giacca e la sua cartella disse: << Adesso devo andare al lavoro, quando avrete finito di pulire tutta la casa, chiudete la porta e andate via. Ho bisogno che facciate anche un bucato, perché non so utilizzare la lavatrice. >>

<< Non si preoccupi, Maestro. Provvederò a fare tutto io. >>

<< Vi lascio in anticipo il compenso. >>, disse aprendo il portafoglio.

<< Grazie! >>, disse la donna che con molta discrezione conservò quei soldi, nella tasca del cappotto.

Renzo fu contento di quell'intervento ed andò via sereno.

Intanto, a casa di Ida le tre donne stavano facendo colazione.

Chiara, mentre beveva il cappuccino, aveva un atteggiamento pensieroso.

<< C'è qualcosa che ti preoccupa? >> disse Ida accorgendosi della sua assenza.

<< Scusate, purtroppo sono presa da alcuni problemi che non so come risolvere. >>

<< Lo sai che puoi confidarti con noi. >> disse Clara.

<< Sì, infatti, stavo appunto per farlo. >>

 Dopo aver fatto l'ultimo sorso del cappuccino continuò: << Non so come fare per prendermi tutto quello che ho lasciato a casa. >>

<< Credo non sia un problema: possiamo caricare tutto in macchina. >>, disse Clara.

<<Tenete presente che si tratta di libri, vestiti, poi c'è anche una coperta che ci tengo tanto perché è stata fatta da mia madre all'uncinetto. >>

<< Comunque possiamo provarci! >>, disse Ida.

<< Che ne dite di passare stamattina,

approfittando dell'assenza di mio padre e di mio fratello che è a lavoro? >>, disse Chiara rivolgendosi alle amiche.

<< Sono d'accordo >>, rispose Ida

Clara guardandole con un sorriso si espresse con un pollice all'insù in segno di consenso. Si alzò e disse:

<< Su, ragazze, a lavoro! >>

Dopo un'ora furono pronte; presero alcune valige e dei cartoni vuoti che Clara aveva in cantina ed andarono via.

Quando arrivarono davanti al cancello di casa, Chiara prese le sue chiavi ed aprì, ma non appena furono in giardino, si spaventarono, vedendo le finestre spalancate. Si avvicinarono a quella del ballatoio, vicino alla porta d'entrata e sbirciando videro le sedie rivoltate sul tavolo ed una ragazza che lavava il pavimento.

<< Andiamo via >>, disse Chiara << torniamo in un altro momento, non voglio farmi vedere da questa ragazza. >>

Tornarono in macchina e durante il percorso Ida chiese:

<< Chi è quella ragazza, la conosci? >>

<< No, non è mai venuta a casa prima d'ora, ma conoscendo mio fratello non mi meraviglia vederla: non è capace nemmeno di prepararsi un caffè. >>

<< E adesso quando sarà il momento giusto? >>, disse Clara.

<< Sicuramente non di mattina. >>, osservò Ida

<< Riproviamoci stasera. >> rispose subito Chiara.

<< Perché lo dici con sicurezza? >>, chiese Ida

<< Perché, considerando il fatto che mio fratello è impegnato tutta la giornata per il lavoro, l'unico momento, per andare in ospedale da mio padre, è proprio la sera. Che ne dite? >> disse Chiara con molta convinzione.

Le due amiche trovarono giusta l'osservazione della ragazza e quindi acconsentirono.

Trascorsero il resto della mattinata al Centro Commerciale, ma per l'ora di pranzo preferirono recarsi da Laura; ormai in quel locale si sentivano come a casa.

Per Laura, quella mattinata, fu pesante era sempre ossessionata dalla scoperta di quella foto che desiderava spesso guardarla per osservare ogni piccolo particolare.

Approfittando di un momento di calma, si sedette per consumare un pranzo veloce. Nel frattempo arrivò Filippo che fu accolto alla cassa da Martina.

Recandosi nella sala Ristoro vide Laura che pranzava da sola; non appena ebbe il suo vassoio con l'ordinazione, si avvicinò al suo tavolo:

<< Buongiorno! Signora Laura, posso accomodarmi al suo tavolo? >>

Laura, assorta nei suoi pensieri, e non accorgendosi dell'arrivo di Filippo, rimase in silenzio, ma un attimo dopo, avvertendo vicino a lei, la presenza di un uomo alzò la testa di scatto. Vedendo Filippo con il vassoio, fermo, vicino a lei intuì che volesse sedersi al suo tavolo.

<< Mi scusi, non mi sono accorta della sua presenza, prego si accomodi! >>

<< Comunque, sono un cliente abituale ed alcune volte ci fermiamo a chiacchierare, direi che possiamo darci del tu! Non le pare? >>

<< Sì, certo! Per me non è un problema. >> rispose, accennando ad un sorriso.

<< Oggi, sei molto pensierosa! >>, disse Filippo appoggiando il vassoio sul tavolo.

<< Purtroppo, è così. >>

<< Dicendomi "purtroppo" devo pensare che si tratta di qualcosa che ti angoscia. >> Osservò.

<< Certo, che non ti lasci scappare nulla >>, rispose Laura, sorridendo.

<< Un investigatore deve avere uno spiccato spirito di osservazione, non ti pare? >>

Laura sorrise e con il cenno del capo asserì quello che aveva appena detto.

<< Comunque, Laura, se c'è qualcosa che ti assilla, puoi confidare in me. >>, disse Filippo con atteggiamento serio, guardandola negli occhi.

In quel momento la presenza di quell'uomo, fu per Laura come una manna dal cielo. Quella frase "che poteva confidare in lui", la colpì.

<<Ti ringrazio per la disponibilità, devo ammettere che ho bisogno di un aiuto. >> Si

lasciò sfuggire Laura, spinta da una forza interiore.

<< Avevo intuito questo tuo bisogno e allo stesso tempo, anche la difficoltà ad esternare il problema; ma con me non devi preoccuparti perché conosco benissimo il valore della riservatezza. >>

Laura rimase un attimo perplessa, non sapeva come comportarsi, però quelle parole la incoraggiarono a confidarsi.

<< Ieri, ho scoperto una foto di mio padre che lo ritrae insieme ad un'altra donna e desidero tanto scoprire il legame che li univa. >>

<<Puoi mostrarmi quella foto? >>

<< Certo! >>, rispose estraendola dalla tasca della giacca di lana che aveva indosso.

La foto riprendeva in primo piano, suo padre con una donna, sulla loro sinistra si intravedeva un gazebo bianco e faceva da sfondo alle loro spalle un palazzo antico. Girando la foto Filippo si accorse di una scritta: *"Firenze, 15/03/1996"*.

<< Ho l'impressione che si tratti di un congresso; lo deduco dal palazzo che si vede alle loro spalle, il quale è proprio il Palazzo dei Congressi che si trova a Firenze. Comunque dalla data che riporta sul retro potrei indagare meglio, e magari riuscire a scoprire il nome di questa donna. >> le disse Filippo.

Laura guardandolo negli occhi sorrise in segno di gratitudine e si sentì più sollevata perché era sicura che l'avrebbe aiutata a risolvere quel mistero.

Mentre Filippo stava memorizzando quella foto nel suo cellulare, entrarono Ida Clara e Chiara, e si avvicinarono subito a Laura per salutarla.

L'investigatore, prontamente, nascose la foto sotto al tovagliolo. Questo gesto fu molto significativo per Laura, perché apprezzò la sua discrezione.

<< Accomodatevi pure al nostro tavolo >> disse Laura rivolgendosi alle amiche; Ida e Clara si allontanarono per l'ordinazione e mentre Chiara si girò per aggiungere una sedia a quel tavolo, Filippo, velocemente, restituì la foto a Laura.

Quando si sedettero tutti al tavolo, Laura presentò le sue amiche a Filippo.

Si strinsero la mano per le presentazioni e quando arrivò il turno della ragazza questa disse:

<< Molto lieta, Chiara Raffi. >>

Quel nome lasciò Filippo sbalordito, in quanto lo associò al maestro Renzo Raffi.

<< Come è nata questa amicizia tra di voi? >>, chiese cercando di indagare.

<< Io e Clara siamo amiche di vecchia data. Pensa: ci siamo conosciute in ospedale >>, disse Ida ridendo.

<< Io le ho conosciute quando c'è stata l'inaugurazione di questo locale. Quella sera ho notato la loro simpatia e allegria, naturalmente

poi, con la frequentazione assidua, siamo diventate amiche. >>, disse Laura guardandole con un sorriso.

<< Io invece, sono l'ultima arrivata. >> disse Chiara sorridendo. << La mia storia è un po' più complessa e con il tempo ho capito che sono delle amiche vere e speciali. >>

Quella dichiarazione di Chiara fece molto piacere a Ida e Clara che la guardarono compiaciute.

<< Gli amici si riconoscono nei momenti di bisogno >>, disse Filippo con lo scopo di provocare delle reazioni per ottenere delle informazioni su quella ragazza.

Chiara, però, non voleva rendere nota la sua situazione familiare, per cui non specificò i particolari che riguardavano la loro amicizia.

In quel momento Laura, dando uno sguardo alla cassa si accorse che c'era bisogno di lei, quindi si alzò lasciando gli amici ancora in conversazione.

Dopo un po' anche Filippo lasciò la compagnia, salutando tutti con simpatia; passando davanti alla cassa salutò Laura amichevolmente dicendole che al più presto le avrebbe trasmesso delle informazioni riguardo quella faccenda.

Alle 19:30 aveva l'appuntamento con il maestro Renzo Raffi. Nell'attesa dell'orario si recò sotto l'ufficio di Marco Crespi, per controllare i suoi spostamenti. Quest'ultimo era impegnato, con un cliente, nel suo ufficio, gli stava mostrando un suo progetto per lavori di ristrutturazione. Alle 18:00 il cliente andò via e Marco con gioia telefonò ad Alice per sentirla.

<< Ciao, hai finito adesso di lavorare? >> chiese Alice

<< Sì, in questo momento è andato via il cliente. Cosa stai facendo? >>

<< Sto studiando il pianoforte. A che ora torni a casa? >>

<< Stasera farò più tardi del solito, ho un appuntamento alle 19:00 con un avvocato che mi ha contattato l'altra sera. >>

<< Come mai così tardi? >>

<< Sai, trattandosi di un cliente facoltoso, non ho voluto rinunciare. Considerando che questa settimana ho appuntamenti tutti i giorni, ho dovuto proporre un incontro oltre l'orario di ufficio. >>

<< Dove vi incontrerete? >> chiese Alice incuriosita.

<< Alla "Lanterna verde" >>

<< D'accordo, ti aspetterò per la cena. >>

<< A più tardi, Ti amo! >>, rispose Marco con molta tenerezza.

CAPITOLO 17

INCONTRI IMPREVISTI

Erano le 17:30 quando Renzo fece rientro a casa; tutto era in perfetto ordine e nell'aria si sentiva odore di pulito, anche la roba era stata stesa. Appena entrato, ebbe un lungo respiro di sollievo nell'avvertire la serenità di quell'ambiente. Entrò in cucina poggiò la sua cartella ed il cappotto sulla sedia. Si versò nel calice, del vino rosso che si gustò nella massima tranquillità seduto sul divano del soggiorno. Notando il camino spento avvertì la mancanza di quella passione che ci metteva il padre nell'accendere la legna e curare il fuoco per tutta la giornata. Dopo poggiò il calice sul tavolo prese la sua borsa ed il cappotto e si recò nella sua camera. Doveva uscire alle 19:00 per recarsi all'appuntamento con il Signor Manzi e quindi avendo ancora un po' di tempo a disposizione si sedette al pianoforte per suonare.

Mentre stava suonando la Mazurka di Chopin squillò il telefono, vedendo la chiamata si accorse che era il Direttore della scuola, con molto stupore, per quella chiamata insolita, rispose:

<< Buonasera Signor Direttore! Cosa desiderate? >>

<< Buonasera Renzo, ho bisogno di parlarti,

233

possiamo incontrarci? >>

<< Adesso non mi è possibile, ho un appuntamento alle 19:30 e successivamente devo recarmi in ospedale da mio padre che è ricoverato. >> Dopo un attimo di riflessione, colpito da quella richiesta, istintivamente continuò dicendo: << Mi scusi, ma non possiamo incontrarci domani mattina a scuola? >>

<< No, è una questione personale che non voglio discutere nelle ore di lavoro. >>

<< D'accordo! Allora incontriamoci durante la pausa pranzo oppure domani sera all'uscita. >>

<< D'accordo! Allora, a domani sera. >>

Quella telefonata lo lasciò perplesso:

<<Cosa vorrà dirmi il Direttore? >> sussurrò

Preferì non continuare a pensarci, tanto lo avrebbe scoperto il giorno dopo, così riprese a suonare il pianoforte e mentre era assorto nella sua musica, il rombo di una moto, che passò davanti a casa, sua spezzò bruscamente quel momento di concentrazione che gli aveva fatto, quasi, dimenticare l'appuntamento di quella sera.

Quella moto continuò il tragitto continuando ad infastidire e quel rumore assordante attirò l'attenzione di Renzo, il quale sbirciando dalla finestra vide che era guidata da un uomo ben vestito il quale girò subito a sinistra prendendo il sentiero del bosco che si trovava quasi di fronte a casa sua.

Renzo si sedette alla sua scrivania e rendendosi conto che aveva ancora un quarto d'ora a disposizione, prese la sua agenda per annotarsi gli orari da proporre al Signor Manzi; successivamente fece un bilancio delle lezioni private che attualmente dava a casa sua e certamente, la proposta di questo nuovo allievo lo allettava: un entrata in più al mese gli avrebbe fatto sicuramente comodo.

Guardò l'orologio e si rese conto che era giunto il momento di prepararsi per uscire.

Erano le 18:45, il sentiero era illuminato solo dal faro della moto che procedeva più lentamente. L'uomo che la guidava stava cercando un posto adatto per nasconderla, dopo cento metri si fermò dove c'erano diversi cespugli di rovo alti un metro, era il posto perfetto per cambiarsi anche gli abiti. Aveva un aspetto elegante, ma subito dopo si trasformò con abiti più pratici e sportivi. Dal bauletto della moto prese una tuta, un giubbotto piumino ed un cappello con visiera. Si guardò intorno ed accertandosi che non c'era nessuno si svestì. Indossò anche un paio di scarpe da ginnastica. Chiuse il bauletto, dove aveva riposto gli abiti tolti e le scarpe. Con molta scrupolosità nascose la moto aggiungendo dei rami sopra, dove i cespugli non arrivavano a coprirla. Quando si rese conto che non era più visibile, andò via ripercorrendo il sentiero dal quale era arrivato, indossando anche uno scalda collo che portava alzato sino al naso, ed un paio di occhiali da sole neri; inoltre, con il collo del giubbotto alzato e la visiera inclinata verso gli occhi,riusciva ad occultare il suo volto.

Portava con una mano un piede di porco nascosto sotto al giubbotto e con l'altra mano, una torcia che gli illuminava la strada mentre correva verso la casa di Renzo.

Era vestito tutto di nero e, arrivato in prossimità della strada che fiancheggiava il villino, spense la torcia e rimase nascosto dietro un albero; si trovava proprio di fronte al cancello dell'abitazione di Renzo: sapeva che a quell'ora sarebbe andato via.

Erano le 19:05 quando lo vide uscire dal cancello, lo seguì con lo sguardo per tutto il percorso della strada di campagna la quale dopo circa cento metri si immetteva nella strada principale. Solo quando lo vide arrivare a quell'incrocio e svoltare a sinistra, uscì dal suo nascondiglio per introdursi in casa.

In quell'incrocio, sul lato sinistro, all'angolo che fiancheggiava Via torretta - la strada di campagna -era situato il locale " Lanterna Verde" e quella sera Marco in quel luogo, aveva appuntamento con il suo cliente avvocato.

Il locale aveva esternamente un piccolo giardino dove una scaletta portava su un porticato in legno che si estendeva per tutta la facciata. Qui c'erano dei tavolini esterni e al centro, in direzione della scaletta, c'era l'entrata principale fiancheggiata da finestre.

All'entrata del locale era situato il bancone Bar e c'erano due salette una a sinistra ed una a destra del bancone. L'ambiente era rustico con le volte di travi in legno massiccio, i tavolini avevano le tovagliette a quadretti bianchi e rossi, uguali alle tendine che abbellivano le finestre.

Alle 19:00 Marco arrivò al locale puntualissimo, l'incontro con quel cliente lo gratificava; si trattava di un avvocato illustre e famoso a Cremona e quindi lo considerava un bel bigliettino da visita ossia significava poter lavorare per persone abbienti.

Entrato nel locale disse al cameriere di aver prenotato un tavolo per Crespi, inoltre, appurando che il suo cliente non si era ancora presentato, disse che preferiva aspettarlo fuori.

Camminava su è giù dalla parte esterna del giardino, che dava direttamente sulla strada principale.

In quel momento vide sbucare dalla strada di campagna adiacente al locale,una Alfa Romeo grigia, subito gli venne in mente Renzo, riconoscendo la sua macchina, e guardando con attenzione riscontrò che era proprio lui.

Conoscendo la sua abitazione pensò subito che fosse appena uscito di casa e che si stesse dirigendo verso il centro città.

Alle 19:15 squillò il suo telefono e guardando la chiamata, si affrettò a rispondere.

<< Buonasera, Avvocato >> rispose con voce squillante.

<< Mi scusi architetto, ho avuto un contrattempo, ma sto arrivando, solo che mi trovo un po' distante ed ho bisogno di mezz'ora per arrivare; è un problema per lei aspettarmi? >>

Marco, guardò l'orologio e poi disse:

<< Guardi, avvocato, è già da tanto che la sto aspettando, però se mi assicura che si tratta proprio di mezz'ora resto ad aspettarla. >>

<< Grazie, mi scusi! Comunque, non tarderò oltre. >>

Marco chiuse il telefono e con aria scocciata si arrese al pensiero di dover aspettare ancora molto.

Odiava l'attesa, era sempre puntuale agli appuntamenti; Avvisò Alice di questo contrattempo inviandole un messaggio; poi ricominciò a camminare su e giù nel giardino del locale.

Erano le 19:15 quando le tre donne Ida Clara e Chiara si stavano recando al villino per prendere tutte le cose che la ragazza aveva lasciato in quella casa. Avevano caricato in macchina, due valige vuote e due cartoni.

Durante il percorso Chiara era un po' agitata, sperava tanto di non incontrare suo fratello e di riuscire a prendere tutto ciò che le interessava, per poi non pensare più a quella casa.

Clara avvertì la sua agitazione e le disse:

<< Non preoccuparti, ci siamo noi ad aiutarti. Cercheremo di fare tutto, il più velocemente possibile. >>

<< Dai, non preoccuparti! >> disse Ida con tono rassicurante.

Fu proprio allora che incrociarono la macchina di Renzo Raffi. Lui non si accorse della sorella, ma Chiara riconobbe subito la sua macchina e si tranquillizzò vedendolo in quel punto della città, adesso non vedeva l'ora di arrivare in quella casa, perché era sicura di non trovare nessuno.

Purtroppo non era così: in quel momento un uomo stava scavalcando per entrare in giardino. Il recinto di quella casa era costituito da un muretto, alto un metro, dove era stata fissata una inferriata di circa un metro di altezza. Fu molto facile per quell'uomo alto e magro, scavalcarlo.

Era tutto buio e questo lo aiutava a non essere notato anche perché era vestito di nero; accese la torcia e così riuscì ad orientarsi. Fece un giro intorno alla casa per valutare da che parte entrare; preferì dirigersi sul lato destro in quanto non essendo visibile dalla strada gli permetteva di lavorare in tranquillità. Qui vide che c'era una scaletta che fiancheggiava la facciata ed arrivava ad un piccolo ballatoio dove notò una portafinestra costituita da persiane in legno.

Pensò che quello fosse il punto giusto per

accedere. Manovrando il piede di porco che aveva portato con se, riuscì a rompere le stecche di una persiana, in direzione della manopola di chiusura. Si creò una fessura che gli permise di infilare la mano e girando, la manopola interna, riuscì ad aprirla. Successivamente dette un colpo sui vetri e con molta facilità riuscì ad aprire anche la vetrina.

Entrò e vide che si trovava in cucina, continuava a camminare guardandosi intorno illuminando il passaggio con la torcia. Attraversò la cucina e si accorse che era collegata al soggiorno; qui sulla sinistra c'era la porta d'ingresso principale, al centro un tavolo quadrato; di fronte, una credenza in stile arte povera con delle vetrinette che mostravano piatti e bicchieri. Sulla destra, in una rientranza, c'era l'angolo camino con due divanetti fiorati posti frontalmente ad elle. L'ambiente era aperto e sulla destra spiccava una scalinata in legno che portava al primo piano nella zona notte.

Quell'uomo, oltrepassato il soggiorno, salì le scale che consistevano in due rampe.

Si muoveva ora, in fretta, cercando di non lasciare tracce del suo passaggio. Arrivato al ballatoio trovò quattro porte chiuse: due a sinistra e due frontali. Aprì la prima porta a sinistra e trovò una camera da letto matrimoniale, la porta accanto corrispondeva a quella del bagno. Si spostò sul lato frontale e, aprendo la prima, vide che era una cameretta con pareti rosa e copriletto uguali alle tende con fantasia a fiori su fondo rosa; ebbe l'impressione che appartenesse ad una ragazza. Aprì l'ultima porta e qui, notando subito sulla parete di destra un pianoforte, pensò subito che fosse quella di Renzo.

Entrò e vide che sulla sinistra c'era il letto con il comodino, seguito dal pianoforte.

Sulla parete frontale c'era una finestra decentrata verso destra, mentre a sinistra di quest'ultima c'era una piccola libreria; la scrivania invece, era situata sotto la finestra, appoggiata alla parete di destra, dove seguiva un armadio a quattro ante che occupava il resto della parete e non lasciava aprire completamente la porta di accesso, creando un intercapedine tra la porta e l'armadio.

Pensò di iniziare dalla scrivania, si sedette ed in quel momento sentì che aveva ricevuto un messaggio. Immediatamente prese il cellulare e disattivò la suoneria, accorgendosi di non averlo fatto prima. Distrattamente, appoggiò il suo telefono lì, sul ripiano di quella scrivania ed aprì i quattro cassetti che erano posizionati sulla destra, ma trovò solo penne, alcune agende e due cartelline che contenevano: una, le bollette e l'altra, gli estratti conto della banca con un blocchetto di assegni. Dopo si diresse verso la libreria a vista che controllò in maniera meticolosa, sfogliando libri e quaderni, ma non trovò quello che lui cercava.

Rimise tutto a posto e si spostò verso l'armadio.

Aprì le prime due ante e qui trovò solo abiti, giacche e pantaloni: erano tutti appesi alle grucce. Cercò nelle tasche delle giacche purtroppo non riuscendo a trovare ancora nulla. Aprì le altre due ante e qui c'erano tre ripiani: su quello più in alto erano sistemate delle coperte, sugli altri due erano sistemati dei pullover piegati ed infine sotto ai ripiani c'erano due custodie di strumenti musicali di forme diverse: una era lunga e stretta mentre l'altra aveva la sagoma di una chitarra però molto piccola. Aprì la prima custodia e trovò un clarinetto; non aveva taschini quindi era evidente che non c'era niente. Aprì la seconda e qui trovò un' ukulele. Rimise a posto le custodie e proseguì la sua ricerca passando ai ripiani superiori dove c'erano i pullover piegati. Ce n'erano una decina: li apriva e poi li ripiegava; ne mancavano ancora tre e stava quasi abbandonando l'idea di controllare tra i pullover credendo fosse un posto non probabile, ma ecco che mentre aprì il terzultimo pullover, cadde una busta da lettere per terra: era antica, in quanto presentava un ingiallimento dovuto al tempo decorso. Con molto stupore e curiosità, la raccolse subito, sentendo crescere in lui la certezza di essere riuscito a concretizzare ciò che voleva; con molto stupore e curiosità la aprì e all'interno, trovò un foglio dove lesse la seguente intestazione:

"Alla mia adorata figlia Laura Scuderi".

Un sorriso comparse sul suo volto: finalmente aveva trovato il testamento.

All'improvviso un bagliore di luci che proveniva dalla strada illuminò la finestra, ove si avvicinò lentamente e scostando leggermente la tenda, vide che tre donne avevano parcheggiato la macchina proprio davanti a quella casa e stavano uscendo, poi dal portabagagli presero due valige e due cartoni.

L'uomo si sentì incastrato non poteva avere il tempo di scappare infatti dopo pochi attimi sentì girare la chiave nella serratura della porta d'ingresso. Rimise nella busta il testamento che aveva trovato e lo conservò in tasca, insieme alla torcia; mentre sentiva i passi di quelle donne che salivano per le scale, istintivamente si nascose tra l'armadio e la porta in quell'intercapedine che si formava tenendo la porta spalancata. Aveva in mano il piede di porco.

Quando arrivarono sul ballatoio delle camere da letto, Chiara rimase perplessa nel vedere la porta della stanza di Renzo spalancata, ricordò le sfuriate di suo fratello quando dimenticava di chiuderla. Quindi si chiedeva: << come mai adesso è aperta? >> In quel momento fu distratta da Ida che le disse:

<< Chiara devi darci istruzioni come procedere, perché non conosciamo i posti. >>

<< Sì, hai ragione! >> rispose facendole entrare in quella che era la sua camera.

Poi decisero come dividersi i compiti e quindi mentre Ida svuotava l'armadio, stipando tutto nelle valige, Clara svuotava la libreria ponendo tutto nei cartoni. Chiara nel frattempo si dedicò a svuotare la scrivania, dove aveva i suoi diari, quaderni, foto, e ricordi vari di scuola. In poco tempo svuotarono tutto; chiusero le valige con forza perché erano ultrapiene. I cartoni non furono sufficienti per contenere tutto ciò che stava nella libreria: erano rimasti pochi libri ancora da sistemare.

<< Chiara, iniziamo a caricare la macchina con questi bagagli. >> disse Ida mentre la ragazza si stava recando nella camera da letto del padre per prendere un borsone dall'armadio.

<< D'accordo. >> rispose Chiara.

Entrando in quella camera da letto, la ragazza ebbe una strana sensazione, si sentiva estranea; era dal giorno in cui morì la madre, che non la vedeva: il padre le aveva proibito di entrare.

I mobili erano in noce, l'armadio aveva sei ante. Aprì le prime due e prese il borsone, successivamente aprì quelle centrali dove prese una coperta di cotone, azzurra, realizzata tutta all'uncinetto dalla madre e desiderava tanto portarla con sé. Dopo si fermò davanti al cassettone dove era conservata ancora la roba di sua madre, aprendo un cassetto, prese un suo pigiama, come ricordo.

Continuò ad aprire i cassetti piccoli che si trovavano sopra a quelli grandi e qui trovò i gioielli della mamma; avrebbe voluto prenderli tutti, non per il loro valore economico, ma per quello che per lei rappresentavano; però, si limitò a prendere solo un bracciale rigido ed un collier tutto di oro. Lasciò gli anelli ed altri gioielli per non sentirsi una ladra, sperando che un giorno il padre glieli regalasse. Successivamente, d'impulso, aprì un cassetto del comodino che apparteneva a sua madre. Trovò ancora il libro che stava leggendo nell'ultimo periodo della sua vita. Lo prese e fu attratta da una lettera conservata tra le pagine. Non era intestata e quindi la aprì con grande curiosità.

Il suo sguardo si pose sulla dedica finale

"Al mio indimenticabile amore. Il tuo Carmine ".

Si trattava di un altro uomo.

Questa scoperta sconvolgente la lasciò di ghiaccio. In quel momento sentì la voce di Clara:

<< Chiara dove sei? Noi abbiamo terminato. >>

La ragazza prese il libro e la lettera che non era riuscita a leggere e conservò tutto nel borsone.

<< Sto arrivando! >> rispose chiudendo la porta di quella camera da letto.

Sistemarono quegli altri libri e scesero per andare via. Quando arrivarono giù, vicino alla porta d'ingresso, Chiara disse a Clara:

<< Scusami, devo tornare su, a prendere un

ricordo che ci tengo tanto ad averlo. Faccio in un attimo. >>

Aveva in mente di prendere l'Ukulele che suonava il nonno il quale le aveva anche dato degli insegnamenti. Era conservato nella stanza del fratello, il quale, con la sua prepotenza, se ne era appropriato.

Appena entrò in quella camera sentì nell'aria un profumo da uomo che non aveva mai sentito. Rimase sorpresa, ma non dette peso, si avvicinò all'armadio, aprì le due ante dove c'erano le custodie di quegli strumenti musicali. Prese quella dell'ukulele e la poggiò sulla scrivania per controllare il contenuto; ma mentre la apriva il suo sguardo si posò su un cellulare particolare che si trovava accanto alla custodia: aveva una cover rigida in coccodrillo marrone scuro dove al centro c'era un simbolo stampato in dorato che consisteva in due numeri "quattro" intercalati verticalmente e circoscritti da una cornicetta stampata anch'essa in dorato.

Chiara rimase pietrificata avvertiva la presenza di qualcuno, ma in quel momento non doveva commettere errori, doveva farsi coraggio ed uscire immediatamente da quella casa.

Chiuse l'armadio prese l'ukulele ed andò via. Arrivò alla macchina delle due amiche con il cuore in gola, lasciando inavvertitamente, il cancello aperto.

<< Andiamo via! In casa c'è qualcuno! >> Disse con affanno e paura.

<< Spiegati meglio! >> disse Clara << Cosa hai visto?>>

<< Ho sentito un profumo strano in camera di mio fratello e poi ho visto un cellulare che si trovava sulla scrivania; aveva una custodia che non avevo mai visto. Sicuramente non era di mio fratello; inoltre aveva uno strano simbolo impresso su >>

<< Dobbiamo rimanere per scoprire chi è >> Disse Ida con determinazione.

<< Sono d'accordo! >> disse Clara

Chiara era preoccupata che potesse succedere qualcosa alle sue amiche, ci teneva a proteggerle: era l'unica famiglia che avesse, ma dovette per forza acconsentire, vista la loro determinazione e così non le rimaneva che fidarsi di loro; quindi presero la decisione di far finta di andar via, voltarono a destra, circa dopo cinquanta metri, nella traversa che portava alla chiesa. Parcheggiarono la macchina e tornarono a piedi nel giardino. Chiara si ricordò di avere le chiavi di un altro cancello che era situato prima di quello principale, dove si trovava il contatore del gas e in quell'angolo potevano anche nascondersi dietro a dei cespugli che si trovavano vicino all'albero di ciliegio.

Si affrettarono e aiutate anche dal buio di quella strada, riuscirono ad arrivare in quel nascondiglio senza essere notate. Mentre stavano in silenzio videro arrivare una macchina che si fermò un po' prima del cancello principale; subito dopo, un uomo scese e trovando il cancello aperto, entrò facilmente nel giardino, ma dopo pochi passi, si trovò davanti, l'uomo vestito di nero che era appena uscito da quella abitazione.

Quest'ultimo, dovendosi proteggere dall'esistenza di un testimone, non ci pensò due volte: alzò il piede di porco e lo colpì con un leggero tocco sulla testa, con l'intento di stordirlo. Purtroppo, l'uomo colpito, cadendo, urtò la testa sul bordo di un grosso vaso rivestito da pietre e questo fu il colpo fatale che lo lasciò per terra esanime.

L'altro fuggì immediatamente non preoccupandosi dell'accaduto, il suo interesse maggiore era quello di fuggire per non essere scoperto.

Le tre donne, dalla posizione in cui erano nascoste, ebbero la possibilità di seguire con lo sguardo, in quale direzione quell'uomo stesse scappando, e videro che si inoltrò nel bosco situato di fronte a loro.

Avevano assistito ad una scena terribile, e questo le aveva fatte rimanere immobili, si guardavano tra di loro con gli occhi sbarrati, quasi incredule per quello che era successo. Dopo un po' uscirono da quel nascondiglio, si avvicinarono a quell'uomo che giaceva per terra per cercare di prestargli aiuto, ma controllando i battiti del polso capirono che molto probabilmente era morto.

Ida immediatamente, chiamò l'ambulanza per tentare di riuscire a salvare quell'uomo con un intervento di soccorso più appropriato. Subito dopo, avvertì i carabinieri dell'accaduto; quest'ultimi le ordinarono di rimanere lì ad aspettare il loro arrivo, che sarebbe avvenuto entro pochi minuti.

Successivamente Chiara, propose alle amiche di ritornare in casa per controllare se ci fosse quel cellulare ancora sulla scrivania, così insieme ritornarono in quella stanza ed il cellulare non c'era più.

<< Era proprio il suo >> osservò la ragazza rabbrividendo al pensiero di essersi trovata poco prima in quella stanza, sola con l'assassino. Mentre stavano in giardino,sentirono il rombo di una moto che proveniva dal sentiero del bosco. Pensarono subito che fosse quell'uomo malvagio che pochi minuti prima, senza scrupoli, aveva stroncato la vita di un uomo. Si nascosero dietro al muretto del recinto per cercare di strappare qualche indizio, ma la strada buia e la velocità con cui passò davanti a loro, non lo permisero.

Dopo cinque minuti arrivarono due pattuglie di carabinieri e l'ambulanza.

Chiara accese le luci nel giardino, dove i soccorritori dell'ambulanza intervennero immediatamente, ma senza successo, perché subito dichiararono lo stato di decesso di quell'uomo. Nel frattempo la squadra della scientifica intervenne per segnare i punti dove era situato il cadavere e per osservare ogni piccolo dettaglio circostante. Intanto i carabinieri si soffermarono ad interrogare le tre donne, singolarmente, annotando le loro dichiarazioni.

Arrivò Renzo allibito da quello scenario dovuto alla confusione di gente e a quelle macchine di polizia e ambulanza parcheggiate fuori. Appena entrò in giardino, un carabiniere lo fermò dicendogli:

<< Chi e lei? >>

<< Sono il proprietario, Renzo Raffi. >>

In quel momento alcuni operatori della scientifica stavano delimitando il luogo del delitto con delle fasce di divieto di accesso, ed altri stavano trasferendo il corpo della vittima nell'ambulanza, per portarlo all'obitorio e sottoporlo all'autopsia.

Fu proprio allora che Renzo si accorse della presenza di un cadavere il quale era stato coperto con un telo.

<< Cosa è successo? >> disse rivolgendosi al carabiniere con aria confusa.

<< Un delitto. >> gli rispose in maniera secca. Dopo un attimo continuò dicendo << deve seguirci in questura in quanto deve essere sottoposto ad interrogatorio. >>

Dopo qualche minuti andarono tutti via. Chiara vide il fratello salire in macchina con i carabinieri; spense le luci, chiuse il cancello ed andò via anche lei con le sue amiche.

Arrivate a casa, portarono i bagagli in camera di Chiara sistemandoli in un angolo. Erano molto stanche per quella serata che aveva avuto un risvolto impensabile.

Chiara, dopo aver bevuto un bicchiere di latte, si ritirò in camera dando la buonanotte ad Ida.

Chiuse la porta della sua stanza e si sdraiò sul letto stanchissima. I pensieri si susseguivano: ricordò, rabbrividendo, il momento in cui era stata da sola con l'assassino, nella stanza di Renzo; inoltre si sentiva impaurita ricordando la scena del delitto; infine anche la scena del fratello preso dai carabinieri, la turbò. Voleva scacciare quei pensieri dalla mente, ma erano così sconvolgenti che le risultava difficile. Ad un certo punto, si sedette al letto, trasse un lungo respiro con l'intento di liberarsi da quello stress ed ansia, e questo fu liberatorio. Vedendo il borsone, che si trovava per terra di fronte al letto, si ricordò del libro con la lettera che aveva riposto in una tasca laterale.

Immediatamente si alzò per prenderla. Con molta emozione aprì quella busta e tirò fuori la lettera. Quando la aprì lesse le seguenti parole:

"Cremona, 14 giugno 2005
Carissima Luisa,
sono due anni che la tua malattia ci ha diviso. Ho sentito la necessità di scriverti, per comunicarti

*quanto mi manchi. Non preoccuparti di Francesca,
la nostra collega, puoi contare sulla sua
discrezione. Non sapevo come fare per consegnarti
questa lettera.*

*Sei sempre nei miei pensieri ed il fatto di non
poterti avere vicina, non puoi immaginare quanto
mi rattristi. Hai fatto una scelta che ho rispettato,
ma non ho mai condiviso. Resto sempre del parere
che avresti dovuto dire la verità a tuo marito. Il
nostro non è stato un amore passeggero, ci siamo
amati con tutto il cuore e con tutta l'anima e sai
benissimo la gioia che ho provato quando hai
messo al mondo il frutto del nostro amore. La
bimba adesso ha nove anni e mi dispiace tanto
non poterle dire quanto bene le voglio. Ero felice
quando venivi di nascosto a trovarmi e potevo
tenerla un po' tra le mie braccia. Ma adesso sono
due anni che non la vedo. Vorrei che tu le parlassi
di me e le dicessi che sono io suo padre; questo
sarebbe un grandissimo regalo per me. Prego
sempre che tu possa guarire al più presto, perché
non smetto di sperare in un futuro insieme.*

*Con tanto amore ti abbraccio e ti bacio   e tanti
baci alla mia piccola Chiara.*

Il tuo per sempre

Carmine"

Chiara rimase interdetta, rileggeva quelle
parole più volte. L'esistenza di un altro padre la
lasciava disorientata, ma allo stesso tempo
quelle parole affettuose le accarezzavano il

cuore sentendosi finalmente amata. Ora capiva la freddezza di quel padre che aveva avuto accanto e dei maltrattamenti di suo fratello: loro, molto probabilmente, conoscevano la verità.

Si addormentò con quella lettera tra le mani sfinita per tutti gli avvenimenti successi in quella giornata.

La mattina Ida entrando nella sua camera per svegliarla trovò il libro per terra e quella lettera sul letto, fu inevitabilmente indotta a leggerla.

La svegliò e Chiara accorgendosi della sua lettera aperta e vedendo Ida seduta sul suo letto le disse:

<< L'hai letta? >>

<< Sì, non ho potuto ignorarla. Scusami se mi sono permessa. >>

<< No, non preoccuparti, ti avrei informata ugualmente. >>

<< Chiara sii felice: devi pensare che sei il frutto di un grande amore. >> Le disse abbracciandola.

Mentre la ragazza sistemava la lettera nella busta, Ida le raccolse il libro da terra, in quel frangente, dal libro cadde una foto che ritraeva il volto di un uomo. Chiara la guardò con attenzione e scoprì una grande verità.

<< Ma, come è possibile? >> disse inchiodando lo sguardo su quella foto.

<< Ma questa è la foto che Laura ha nel suo negozio ed è quella di suo padre. >> osservò Ida con tanta meraviglia.

<< Sai come si chiamava il padre di Laura? >>
chiese Chiara con molta curiosità.

<< So con certezza che il suo nome era proprio
Carmine. >>rispose Ida approvando, con un
cenno della testa, che si trattava proprio dello
stesso uomo.

<< Quindi... cosa significa? Ho una sorella! >>
rilevò Chiara sbarrando gli occhi con stupore.

Quella mattina stessa nel momento in cui
Chiara aveva fatto quella grande scoperta,
Filippo a casa sua, mentre gustava il suo caffè
mattutino fu colpito, leggendo il giornale, da
una notizia di cronaca:

<< L'architetto Marco Crespi ucciso nel villino
di campagna del Maestro Renzo Raffi. >>

In quello stesso momento l'assassino provava
soddisfazione nell'essere riuscito ad
impossessarsi del testamento che ora teneva tra
le mani come un trofeo. Quel foglio ingiallito
dal tempo, racchiudeva un segreto che il dott.
Carmine Scuderi nascose sotto la tastiera del
suo pianoforte; avrebbe voluto confessarlo a
sua figlia, ma ci ripensò dicendole:

"E se poi non muoio? "

Quel testamento iniziava così:

"Alla mia adorata figlia Laura Scuderi..."

Indice Capitoli

Liliana Maria Francesca Bissante è nata in Puglia in una famiglia dove è sempre regnato l'amore per la cultura e l'arte.

Dal padre musicista ha ereditato la predisposizione per la musica, studiando pianoforte dall'età di 7 anni.

I vari viaggi con la propria famiglia, hanno suscitato emozioni e riflessioni, che ha sentito poi di esprimere attraverso la scrittura

È autrice di diversi romanzi gialli, dove il filo conduttore è il mistero.

I suoi racconti partono da vicende realistiche che poi sviluppa con la propria fantasia, creando situazioni avvincenti che tengono vivo l'entusiasmo del lettore.

Le sue opere si contraddistinguono per il suo spiccato talento nel creare trame molto descrittive ed intricate con finali sorprendenti.

Lightning Source UK Ltd.
Milton Keynes UK
UKHW021918150621
385583UK00002B/308